KB011609

하고 싶을 때 하라
할 수 있을 때 하라
하자고 할 때 해라
할 수 있으면 해라

똑 같은 시간을 살아도

똑 같은 시간을 살아도

초판 1쇄 인쇄 2013년 5월 15일
초판 1쇄 발행 2013년 5월 20일

지은이 고은정
펴낸이 정재면
책임편집 이우근
펴낸곳 황금물고기
디자인 남상원
등록 2003년 12월 5일 제 313-2003-000375호
주소 410-830 경기도 고양시 일산동구 정발산동 1346-13 1층
문의전화 02-326-3336 **팩스** 02-325-3339
e-mail egoldfish@naver.com

판권© 황금물고기 2012, Printed in Korea
ISBN 978-89-94154-20-6 03810

• 이 책의 판권은 지은이와 황금물고기에 있습니다.
• 이 책은 저작권법에 따라 보호받는 저작물이므로 무단 복제를 금지하며,
이 책 내용의 전부 또는 일부를 이용하려면 반드시 저작권자와 황금물고기의 서면 동의를 받아야 합니다.
• 황금물고기는 저작권법에 해당하는 사항을 준수합니다.
• 책값은 뒤표지에 있습니다.

내 마음의 도서관 **황금물고기**
황금물고기는 독자 여러분의 참신한 기획과 원고를 기다리고 있습니다.

대한민국
최초 여성경호 CEO
고은정 에세이

똑같은 시간을 살아도

하고 싶을 때 하라

할 수 있을 때 하라

하자고 할 때 해라

할 수 있으면 해라

황금물고기

나는 알고 보면

참 괜찮은 사람이다.

이런 자부심을 가지고

살 필요가 있다.

자신을 스스로
사랑하지 않으면
누가 나를
사랑하겠는가!

그리고 내가

소중할수록

타인도 소중한
사람이다.

사람 사는 것은 관계의
그 소중함을 가슴에 되

연속이다.
새기며 살아가는 것이다.

멀리, 멀리 보고
천천히 가자.

마치 마지막인 것처럼,
그러나 시작인 것처럼!

책을 쓰면서

절망적인 일들을 기회로 만들 수 있는 열정

우리는 살면서 많은 계획들을 세웁니다. 내일의 계획, 6개월 후의 계획, 1년 후의 계획 등 을 세우고 그 계획들을 실천하려고 많은 노력을 하며 살고 있습니다. 그러나 안타까운 것은 나이가 먹어갈수록 계획은 늘 세우지만 꿈이 없어진다는 것입니다.

구체적으로 세운 계획은 꿈을 이루는 계단입니다. 그러나 올라가다 보니 힘들고, 뜻대로 되지 않고, 막연히 안 될 것 같다는 불안감에 일찌감치 포기를 하게 됩니다. 많은 사람들이 꿈이 없는 막연한 계획들을 세우고 있는 것입니다.

사람은 누구에게나 꿈이 있습니다. 그러나 많은 사람들이 현실에 안주하며 자신의 꿈을 잊고 살고 있습니다. 내가 꾸었던 꿈을 이루기 위해 얼마나 열심히 노력했으며 또한 그 꿈이 얼마나 이루어졌는지, 지금은 어떤 꿈이 있는지에 대해 생각해 보았으면 좋겠습니다.

그리고 이 책을 통해서 새로운 꿈을 꾸는 계기가 되었으면 하는 소망과 행복해지는 연습을 시작하는 시발점이 되었으면 하는 바람을 가져 봅니다.

저는 애주가인 아버지 때문에 안정되지 않은 가정생활로 늘 불안한 사춘기를 보내게 되었습니다. 중학교 시절 공부에는 관심이 없고, 친구들과 어울려 다니며 무의미한 학창시절을 보냈습니다. 그러나 동생들만큼은 내가 가르치겠다고 선택한 상업고등학교를 다니면서 일찍 사회의 냉정함에 대해 배웠습니다.

상고를 졸업하고 직장생활과 방송통신대학을 다니면서 끊임없이 방황을 했던 기억이 너무나 선명합니다. 내 능력보다 욕심이 앞섰기에 만족하지 못하고 방황했던 시절, 미래에 대한 불투명함에 초조해하며 끊임없이 불안했던 시절이었습니다.

열정은 충분했지만 차가운 현실 앞에서는 주눅이 들 수밖에 없었고, 잘할 수 있는 것이 너무나도 없다는 현실에 다시 한 번 내 자신을 학대했던 것 같습니다.

우리나라 사람들은 새로운 사람들을 만났을 때 가장 먼저 신변조사를 시작합니다. 이유는 공감대를 형성을 하기 위한 하나의 방법으로 가장 편리하기 때문입니다. 그 중 어느 학교를 졸업했는지에 대한 질문을 받을 때마다 나는 당혹스럽고 불편했습니다.

그 상황에서 나는 상업고등학교를 나와서 방송통신대학을 졸업했다는 것이 너무나도 창피한 일이었고, 그것이 그대로 나한테는 학벌에 대한 콤플렉스로 남아있었기 때문입니다.

고백하건대 나는 머리가 좋지도 않고, 공부를 좋아하지도 않았습니다. 책 읽는 것은 더욱 싫어했습니다. 이런 내가 하루 네 시간씩만 자면서 일하며 공부에 몰두해서 결국 박사학위를 받았습니다. 박사학위를 받고 나서야 나는 학벌에 대한 나의 콤플렉스에서 어느 정도 해소될 수 있었습니다.

지금은 상업고등학교와 방송통신대학을 졸업했다는 것이 자랑스러워졌습니다. 그 이유는 스스로의 콤플렉스가 어느 정도 해소되었고, 그것으로 인한 스트레스에서 자유로워졌기 때문입니다.

결과적으로 상업고등학교와 방송통신대학을 졸업했다는 것이 문제가 아니라 내 안에 있던 콤플렉스와 스트레스가 문제가 되었던 것입니다. 나는 콤플렉스와 스트레스가 나쁜 것만은 아니라고 주장하고 싶습니다.

영화 〈완득이〉에서 배우 김윤석 씨의 대사가 기억납니다.

“세상의 대학이 다 대학이 아니더라. 세상이 다 대학이더라”

학생들은 선생님의 이 말을 듣고 환하게 웃으며 박수를 쳤습니다.

만약 지금까지 내게 감사할 일만 있었다면 내가 꾸고 있었던 꿈을 하나도 이루지 못했을 지도 모릅니다. 또한 구체적으로 세운 계획이 없었다면 내 꿈은 진작 포기했을지도 모릅니다.

지금 우리가 겪고 있는 힘들고 절망적인 일들이 어떤 사람에게는 기회가 될 수도 있고, 어떤 사람에게는 절망으로 끝날 수도 있습니다.

이 책을 통해 절망을 기회로 만들어 꿈을 이룬 많은 사람들에게 배울 수 있는 기회가 되었으면 합니다.

나는 우울증이란 감기를 심하게 앓고 있었습니다.

나뿐만이 아니라 우리 모두는 스트레스나 트라우마로 인한 우울증이나 화병 같은 정신적인 문제에 여러모로 노출이 되어 있는 반면, 스스로 해결하기에는 역부족인 일들이 많은 사람들에게 일어나고 있고, 그들을 힘들게 하는 큰 문제로 작용하고 있습니다.

그것은 엄연한 현실입니다. 세상은 이미 우리를 위로하지 않습니다. 부분적으로 그런 행동들이 자발적으로 발생하긴 하지만 턱없이 부족한 현실입니다. 그대들의 힘이 필요합니다.

우울증으로 많은 고생을 했습니다. 그러나 주위 사람들의 보는 시각은 달랐습니다.

“네가 뭐가 부족해서!”, “네 성격에!”, “요즘 네가 시간이 많구나!”,

그렇게 일관해 버렸습니다. 겉으로 드러난 항상 즐거워 보이는 외모의 선입견과 말투로 인해 이런 섣부른 단정을 내렸기 때문에 저는 어디에 가서도 도움을 받을 수가 없었습니다.

'우울증은 마음의 감기'라고 얘기하듯이 우울증은 누구나 걸릴 수 있는 질환입니다. 어떤 사람은 심하게 그 병에 감염되어 병원을 다녀야 하기도 하고, 어떤 사람은 가볍게 넘어가기도 합니다. 그런데 문제는 병원에 가야 할 사람이 종합감기약으로 버티다 병을 키우는 것에서 문제가 생기는 것입니다. 우울증은 분명히 치료를 받아야 하는 감기이고, 치료를 받으면 아무 문제가 없는데도 방치를 하면 죽음에까지 이를 수 있는 무서운 병이라는 것입니다.

우울증으로 인해 죽음을 끊임없이 생각했습니다. 죽는 것이 더 편할 것 같다는 생각에 수면제를 과다 복용하기도 했습니다.

우울증이란 감기를 앓고 있는 사람들은 너무 외롭습니다. 외로움을 참으며 누군가가 도와주기를 끊임없이 기다립니다. 도와 달라고 말할 용기도 없이 말입니다.

죽을 만큼 힘들었던 우울증을 이기고 나니 살아있다는 것이 얼마나 행복한 것인지, 세상이 얼마나 아름다운지, 사람들과 어울리는 것이 얼마나 좋은지, 그리고 감사한지를 배웠습니다.

앞으로 나의 작은 꿈은 많은 사람들이 행복을 찾을 수 있도록 도와주는 도우미가 되고자 합니다.

행복은 작은 것에 감사할 줄 아는 마음에서부터 시작합니다.

행복의 기준은 사람마다 차이가 있겠지만 결코 특정인만, 가진 사람만 누릴 수 있는 조건 충족의 선물이 아니라는 분명한 사실을 알아야 할 것입니다. 누구에게나 가장 공평하게 누릴 수 있는 선물이 시간과 행복이라는 사실을 기억하고 살았으면 합니다.

감사한 마음에서 시작한 행복은 나와 나의 미래를 바꿔줄 수 있을 것이라는 확신을 갖고 행복을 찾는 노력을 하고자 합니다.

오늘 고통스럽고 힘들다고 꿈을 포기할 수는 없습니다. 꿈을 잊고 살아서는 안 됩니다.

물은 위에서 아래로 흐릅니다. 결코 거꾸로 가는 법이 없습니다. 그리고 가장 낮은 곳으로 흘러갑니다. 주위의 모든 것을 정화淨化시키면서 생명을 창조創造하고 고루 혜택惠澤을 베풀면서 모든 것을 조화造化시킵니다.

나는 물의 정신을 가슴에 담고자 합니다.

거기에다 사람의 온기를 불어넣고 싶습니다.

꿈을 이루기 위한 끊임없는 노력과 열정, 습관적으로 행복해지기 위한 마음을 이 책에 담고자 합니다. 그리고 행복 도우미가 되어 많은 사람들이 행복해 질 수 있도록 이미 행복이 어떤 것이지 알고 그 행복을 누리고 있는 많은 분들의 열정을 나눠 드리고자 합니다.

누군가가 말했습니다.

음식을 많이 담을 수 있는 그릇은 큰 그릇이 아니라 빈 그릇이라는 말을 기억합니다.

나는 지금부터 내 자신의 빈 그릇을 채워나갈 것이며, 작은 것이라도 베풀 수 있는 겸손함을 배우고 실천하고자 합니다.

나는 이 말을 세상에서 가장 사랑하는 어머니 이옥임 여사와 가족들에게 먼저 약속합니다.

그리고 나에게 약속합니다.

또한 이 책을 읽는 모든 분들에게 약속드리며, 부족한 글이지만 조금은 마음의 위로가 되는 글이 되도록 온 정성을 들여 기도드립니다.

꼭 끝까지 읽어 주시길 간절히 부탁드리고, 습관적으로 행복하고자 노력하는 우리가 되었으면 좋겠습니다.

고맙습니다.

고은정

첫 번째 에피소드

현명한 바보가 되어볼까요? 35

멀리보기 51

통,통,통하면 행복합니다 55

행복한 사람은 행복한 이유가 있다 60

아침을 좋아하는 사람이 누릴 수 있는 행복 69

두 얼굴의 레이디가가 73

두 번째 에피소드

콤플렉스로부터 자유로워지기 85

나에게 주는 위로 97

나를 위한 용서 104

너무 평범해서 잊고 사는 진리 112

실패도 즐거운 사람 121

내일이 없다면 오늘 당신은 무엇을 하고 싶을 까요? 124

절망의 끝에서 다시 생각함 132

세 번째 에피소드

지치면 지는 것이고 미치면 이기는 것이다 143

똑 같은 시간을 살아도! 147

신뢰와 사랑은 인생의 가장 탁월한 무기 159

젊었을 때 그렇게 열심히 했더라면 164

길에서 얻을 수 있는 이익 169

네 번째 에피소드

불확실성 속의 가능성 177

소박하나 눈부신 삶 185

나의 스승이 되어준 스트레스 189

나쁜 징크스를 좋은 징크스로 바꾸기 196

부족함에서 얻을 수 있는 강인함 201

다섯 번째 에피소드

선물 211

나에게 다시 돌아오는 베푸는 배려 217

우연으로 222

줄다리기 227

오늘은 내일의 거울 231

해결과 해소의 차이 236

세월을 뛰어넘는 지혜 240

신념은 의지의 표상이다 245

첫 번째 에피소드

한 발
물러서는 것은
두 발의 전진입니다

그래서 우리는 어울려 사는 세상을 만드는 것입니다.
남을 위해 무엇인가를 헌신하는 바보는 그 순수함 때문에 더욱 빛이 나는 법입니다.

현명한 바보가 되어 볼까요!

'바보'라는 말을 듣는 것을 좋아할 사람은 아무도 없을 것입니다.

어릴 적에 나는, 친구들이 나를 지칭하여 바보라고 하면 정말 화가 났습니다. 나는 격렬하게 부정하며 싸우기도 했지만 그럴수록 친구들의 반응은 더욱 집요해졌습니다. 지금 생각해보면 아무 것도 아닌 이유로 그렇게 반응한 내가 우습지만 그때는 정말이지 마음에 큰 상처로 작용을 했습니다. 어릴 적 내 성격이 굉장히 소심한 편이어서 놀림을 받았는지도 모르겠습니다.

친구들이 너무나도 집중적으로 놀리다 보니 혼자 있을 때는 정말 내가 바보처럼 느껴지기도 했습니다.

심리학자인 프로이트의 '정신분석학의 반동형성'이란 개념에서 지적한 것처럼 강한 부정은 긍정을 뜻한다고 했듯이 문득 그런 생각마저 든 것이었습니다.

그러나 나는 진짜 바보였습니다.

정말 바보 같은 짓을 하며 학창시절을 보냈습니다.

중학교 시절 아버지의 잦은 음주로 인해 항상 시끄러운 집이 싫어 나는 많은 방황을 하며 사춘기를 힘들게 넘기고 있었습니다. 집안의 분위기가 그러니 공부는 항상 뒷전이었습니다. 초등학교의 저는 다른 아이와 별반 다르지 않은, 오히려 총명한 아이였습니다. 그러나 중학교 때는 저의 개인적인 사정으로 이유로 인해 꼴찌를 늘 자청했습니다.

아마 그런 이유로 해서 바보라는 소리에 그렇게 민감하게 반응했는지도 모릅니다.

그러나 그것은 핑계에 불과했습니다.

바보들에게는 그 모든 것이 핑계거리가 됩니다.

그렇게 현실에서 도피하거나 사실을 회피하고 꽁무니를 빼기에 급급하지요. 용기가 없는 것은 물론이고요.

그러나 그 추억 속의 바보는 지금 없습니다.

그리고 나이를 먹어갈수록, 그리고 나름대로 치열하게 산다고 자부하며 달려온 지금, 오히려 바보라는 말이 더욱 좋아지고 그립습니다.

물론 여기서 말하는 바보란 정신적 박약을 의미하는 비하의 말이 절대 아닙니다.

무모해 보이지만 포기하지 않고 인간 의지의 극한까지 스스로를 믿고 나아가는 사람을 말합니다. 혹은 나 자신만의 안위나 성공이나 이익을 위해서가 아니라 공동의 선의를 위해 기꺼이 자기를 희생하는 사람을 말하기도 합니다. 내가 존경하는 김수환 추기경이나 오프라 윈프리, 지정환 신부님, 젊은 나이에도 불구하고 막대한 부를 쌓은 페이스북 창업자 마크 쥬크버그 같은 대단한 사람들도 때로는 바보로 불립니다. 뿐만 아니라 평생을 고생하여 모은 재산을 장학금으로 기부하는 이름 없는 많은 사람들이 있습니다. 생각이 없는 사람들은 그들을 바보라고 부릅니다. 그러나 너무도 아름답고 훌륭한 바보들입니다. 그들이 있기 때문에 세상이 아름답고 살아갈만한 가치가 있는 것입니다.

관정 이종환 선생은 1조원대의 사재를 기부하여 장학재단을 만들었습니다. 그 정도의 돈이라야 정치적이거나 사회적인 외풍에도 흔들리지 않고 올바르고 지속적인 장학 사업이 가능하다는 신념 때문이었습니다. 그의 꿈은 학문적인 분야의 노벨상입니다.

모두가 불가능하다고 여기고 아무도 관심을 가지지 않을 때에도 불구하고 자기가 믿는 미래를 향해 뚜벅뚜벅 걸음을 옮겨 성공은 물론 사회적인 가치를 획득한 사람들입니다.

이 사람들은 자신을 과신한 것이 아니라 믿은 사람들입니다. 그리고 목표를 향해 천천히 걸어갔다는 것에서 공통점을 찾을 수 있습니다.

그대 주위에서 그대가 성공했다고 생각하는 사람들을 자세히 보세요. 남들한테 성공했다는 소리를 듣기까지 얼마나 많은 노력을 하고 힘든 일들을 헤쳐 왔는지 말입니다. 우리는 흔히 얘기합니다.

"그 사람은 열심히 노력한 사람이야! 정말 끈기가 대단한 사람이야!"

그러나 그들에게는 이러한 표현마저도 분명 부족한 사람들입니다. 정말 미련하게 바보처럼 하나만을 위해서 노력하고, 남들이 당연히 안 될 거라는 긍정적이지 못한 얘기를 들으면서도 굴복하지 않고 자기 자신을 바보처럼 철저히 믿고 달려간 사람들입니다.

바보처럼 자신을 믿어보세요. 바보처럼 노력하고 바보처럼 믿으면 그대는 분명 그대가 원하는 것을 얻을 수가 있습니다!

그래서 나는 바보가 되기 위한 조건을 구체적으로 고민해 보았습니다. 대체로 현실에서 실천이 가능하고 내가 주위 사람들을 통해서 간접 경험했던 사실들입니다. 물론 객관성이 결여될 수도 있을 것입니다. 그러나 그동안 내가 지켜본 성공한 사람들의 공통점은 대체로 이러했습니다.

첫 째, 다른 사람에게 조금은 손해 보며 살 것.

우리는 절대 혼자서는 살 수 없습니다. 우리는 매일 누군가를 만나면서 너무나도 많은 일이 일어나는 걸 겪어 가며 살고 있습니다. 다시 말해서 우리는 때론 친구일 수도 있고 동료일 수도 있는 그 누군가와 항상 부딪치며 살아가야 합니다. 이럴 때 나의 노력과 실력에 대한 결과에 대해서 흔쾌히 수긍도하며 살아야 합니다. 반칙과 특권이 없는 세상에서의 경쟁은 서로에게 도움이 됩니다. 그러한 조건에서 우리는 조금씩 양보하고 손해 보는 것에 섭섭해 하지 말아야 합니다. 기회는 다시 찾아오고 또한 균등하기 때문입니다. 양보하고 손해 보는 것 같은 모습이 어리석어 보이기도 하고 바보 같아 보이기도 하지만 이런 순수해 보이는 모습으로 인해 주위 사람들이 나를 바라봐주고 편하게 대해 줄 수 있는 강점이 되기도 합니다. 이런 강점으로 인해 많은 사람들이 나를 기억해 주고 도와주고 챙겨주고 싶어 하는 사람들이 항상 옆에 있을 것입니다.

많은 사람들이 완벽해 보이려고 노력합니다. 그러나 조금 부족한 모습이 아울러 자연스레 나에 대한 좋은 이미지를 가져줄 것이고 평가 또한 긍정적이어서 항상 나의 든든한 동행자가 되어 줄 것입니다. 이보다 더한 재산은 또 없을 것입니다.

한 발 물러서는 것은 두 발의 전진입니다. 그래서 우리는 어울려 사는 세상을 만드는 것입니다. 남을 위해 무엇인가를 헌신하는 바보는 그 순수함 때문에 더욱 빛이 나는 법입니다.

둘 째, 상대방을 말로 이기려 하지 말 것.

열 가지 말보다 한 가지 행동이 사람들로 하여금 더 신뢰를 주는 것을 우리는 알고 있지만, 행동이 아닌 말로 해결하려 할 때가 너무 많습니다. 일단 말이 쉽기 때문입니다. 그러나 사람을 현혹시키는 말이 아닌 행동으로 신뢰를 준다면 그대는 항상 승리자가 될 것입니다.

페르시아의 문학가이자 종교가인 사아디는 이렇게 말했습니다.

"말이 있기에 사람은 짐승보다 낫다. 그러나 바르게 말하지 않으면 짐승이 그대보다 나을 것이다."

그래서 우리는 말하는 것보다 침묵하는 법을 배우는 지도 모릅니다. 말은 주워 담지 못하기 때문에 더욱 그러합니다. 행동은 어느 정도 교정이 가능하지만 말은 그렇지 못합니다.

말로 떡을 하면 온 나라의 사람이 다 먹을 수 있다는 우리 속담은 무엇을 뜻하는 것일까요?

실천이 동반되지 않는 공허한 외침은 단순한 메아리로만 울릴 뿐입니다. 그냥 지는 것이 아니라 질 줄 아는 바보는 이기는 법을 아는 바보입니다.

셋 째, 다른 사람이 대신 해줄 거라는 기대를 하지 말 것.

돈으로 모든 것을 해결할 수 있는 세상이라고 하지만 결코 돈으로 해결할 수 없는 것들도 많이 있습니다. 대신 먹어줄 수 없고, 대신 공부해줄 수 없고, 대신 잠잘 수 없고, 대신 울어줄 수 없습니다. 결국 따지고 보면 누군가 나를 대신해서 해줄 수 있는 것은 별로 없습니다. 심부름이나 일의 분담, 잠시의 역할 바꾸기 정도라고나 할

까요. 이처럼 세상은 결국 모든 것을 스스로 해결하지 않으면 궁극적으로 아무 것도 이룰 수 없는 것과 마찬가지의 이유입니다. 인간은 외로운 늑대에 불과하다는 조지 울프만의 지적은 그래서 적절합니다.

내가 가지고 있는 문제를 이 세상에서 나보다 잘 아는 사람은 없습니다. 또한 나를 가장 잘 아는 나보다 나의 문제를 잘 해결할 수 있는 사람 또한 없습니다. 그 문제가 아무리 어렵고 힘든 일일지라도 결국에는 내가 가장 잘 해결할 수 있는데, 조금만 어렵고 피곤하고 난감하다 싶으면 애써 그것을 회피하려 합니다. 그리고 남이 해줄 거라는 기대를 품은 채 스스로 포기하려고 합니다. 개인의 문제를 잘 파악하고 해결하지 않으면 공동의 생활을 기대할 수 없고, 공동의 생활에서 적극적이고 진취적이지 못하다면 성공이나 성취는 있을 수가 없습니다. 사막이 아름다운 것은 오아시스가 있기 때문이고, 오아시스가 소중한 것은 사막이라는 배경이 있기 때문입니다. 이 사막에서는 금덩어리보다 물 한 컵이 더 소중하니까요!

나의 가장 훌륭한 카운슬러는 나 자신이며 모든 일의 해결사 또한 바로 나임을 잊지 말아야 합니다. 그렇게 무조건 나를 믿는 집념의 바보가 되는 것이 현명한 사람이며 성공하는 사람입니다.

넷 째, 다른 사람의 충고에 감사할 것.

사람은 누구나 자기 잘난 멋에 산다고들 합니다. 그래서 잘못된 행동, 실수하는 나를 인정 하지 않을 때가 너무나도 많습니다.

그러나 완벽하게 자기의 일을 완성하는 사람은 많지 않습니다. 우리는 실수를 통해 성숙해 가고, 잘못을 통해 보다 올바른 길을 찾아가는 존재이기 때문입니다.

나에게 진심어린 충고를 해주는 사람은 나를 진정으로 걱정해주고 생각해 주는 사람입니다. 우리는 맛있고 단 음식보다는 조금은 맛이 덜하고 쓴 음식이 몸에는 더 좋음을 알면서도 우선은 맛있는 음식을 즐겨 찾아 먹습니다. 그야말로 '초딩 마인드'에 젖어 있습니다. 마찬가지로 내게 관심 없는 사람이 내가 듣기 싫어하는 충고를 할 이유는 단 하나도 없습니다. 그러나 객관성이 확보된 정당한 충고는 그 어떤 약보다 그대를 튼튼하게 할 것입니다. 누군가가 내게 충고를 할 때는 무조건 감사한 마음으로 받아들일 줄 아는 겸손한 바보가 되어야 합니다.

교과서에서도 배웠듯이 '양약고구良藥苦口이나 충언역이忠言逆耳'라고 했습니다.

몸에 좋은 약은 입에 쓰고 충직한 조언은 귀에 거슬린다는 뜻입니다.

다른 사람에게 충고를 해 줄 수 있고, 또한 다른 사람의 충고를 감사하게 받아들일 수 있는 바보가 되어봅시다.

다섯 째, 다른 사람보다 항상 먼저 약속장소에 도착해서 기다릴 것.

살아가면서 늘 칼처럼 약속을 지킬 수는 없습니다. 그러나 약속시간에 늦지 않으려고 과속을 하거나 허둥지둥 뛰어다니는 모습보다는 10분 먼저 도착해서 차 한 잔 여유롭게 마실 수 있는 마음의 여유가 얼마나 즐거운지 느껴보시기 바랍니다. 그 여유가 나를 조금 더 성숙하게 만들 수 있음을 배웠습니다.

그리고 과감하게 충고하고 싶은 말은, 만약 다른 사람의 시간을 소홀이 생각하는 사람이 있다면 그 사람과는 가까이 지내지 말기를 바랍니다. 그 사람은 어떤 일이든 소홀하게 처리하는 미숙함에서 벗어나지 못해 결국 내 시간만 소비시킬 사람이기 때문입니다.

다른 사람보다 먼저 약속시간을 지키는 것은 나의 시간을 허비하는 바보가 아닙니다. 준비하고 다듬고 정리하고 나를 정화시키는 시간을 버는 것입니다. 참 현명한 바보입니다.

여섯 째, 나의 단점과 어리석음을 과감하게 인정할 것.

한 가정의 아빠와 엄마, 회사의 CEO와 관리자, 학교의 선생님 외에도 여러 가지 직업군이 스스로의 단점과 어리석음을 잘 인정하지 않는 집단인 것 같습니다. 물론 그들의 순수함과 진정성을 절대로

의심하지는 않습니다. 그러나 무엇인가를 관리하고 가르치고 보호해야 한다는 강박관념이 때로는 그들을 독재자로 만드는 경향이 있다고 나는 생각합니다.

세 살 먹은 아이에게도 배울 점이 있다는 말이 있는데 부모들은 이런 사실을 절대 인정하려하지 않습니다. 즉 자식들의 단점과 실수는 반성문을 쓰게 하고 혼을 내서라도 고치도록 노력하지만, 부모들이 실수한 어리석음에 대해서는 자녀들에게 사과를 하지 않습니다. 인정조차 하지 않으려 합니다.

회사의 CEO와 관리자들은 자신이 판단 실수나 고집으로 인하여 일이 잘못되면 수단과 방법을 가리지 않고 본인의 책임 하에 결정하고 해결하려 합니다. 그러나 생각을 바꿔 조금만 부하 직원들의 의사와 의견에 귀를 기울인다면 책임져야 할 많은 일들이 줄어드는 것을 본인들이 더 잘 알면서도 그렇게 하기를 거부합니다. 자신의 단점과 어리석음을 인정하기 싫기 때문입니다. 이보다 더한 어리석은 일은 없습니다. 호미로 막을 일을 가래로도 막지 못할 상황으로 발전하고 맙니다. 또한 그런 사람은 결과의 과실을 혼자만 향유하려 할 것입니다. 그러나 세상은 그렇게 단순하지가 않습니다. 결과도 물론 중요하지만 과정의 문제가 더욱 중요합니다. 과정이 정당하면 실패는 단순한 실패가 아니라 소중한 경험의 축적이 되는 것입니다.

선생님 또한 본인의 단점과 어리석음, 실수를 학생들 앞에서 절대 인정하려 하지 않고 감추기에 에너지를 소비합니다. 사람은 누구나 실수할 수 있습니다. 다만 실수를 인정하고 도움을 받는 사람은 발전할 것이고, 숨기는 사람은 항상 그 자리에 머물러 있게 될 것입니다.

그대는 어떤 선택을 할 것인가요?

솔직한 바보는 다시 조명을 받는 기회를 얻을 수 있지만 막무가내의 바보는 굴러들어온 기회마저 차버리는 실수를 저지르게 됩니다.

일곱 째, 비교하지 말 것.

살다보면 의도적이기까지는 아니어도 우리는 누군가와 끊임없이 비교를 하며 살게 됩니다.

성적을 비교하고, 외모를 비교하고, 있고 없음을 비교하고, 능력의 유무를 비교하면서 스스로를 학대하거나 불만에 차서 행동하고 이런 불만들로 인해 불편해 하며 살아갑니다.

그럴 필요가 없음을 우리는 알고 있습니다. 비교만 하고 있으면 없던 것이 생기던가요? 당연히 그렇지 않음을 알면서도 우리는 끊임없이 불만을 갖고 있습니다. 차라리 그 시간에 자신의 문제점을 파악하고 재빠르게 해결책을 강구하는 것이 더 현명할 것이라고 생각합니다.

어릴 때부터 습관처럼 옆집 친구와 비교를 당하며 살아온 우리는 누군가와 비교하는 것이 마치 때가 되면 배가 고프지 않아도 식사를 해야 하듯 무의식적으로 당연시하고 있습니다. 무의식이 체화體化된 것이라 해도 과언이 아닐 것입니다.

부모의 훌륭한 교육이 훌륭한 아이를 만듭니다. 그 훌륭한 교육 중의 하나가 바로 아이를 다른 아이와 비교하지 말라는 것입니다. 긍정적인 비교는 자신을 업그레이드 시키는 계기가 될 수도 있지만 우리가 흔히 무의식적으로 내뱉는 비교는 스스로의 불만을 키우게 만들고, 그 불만은 나태를 만들고, 나태는 불행을 만드는 계기가 됩니다. 상대적인 비교에 집착하는 바보가 되지 말고 나 자신을 충분히 사랑할 줄 아는 합리적이고 이기적인 바보가 되어보세요.

나 자신의 존재는 이미 나 자신으로서도 충분히 훌륭하다는 자기만족을 가져보는 바보가 되어 봅시다.

여덟 째, 겸손과 비굴함을 구별할 것.

겸손이 지나치면 비굴이 됩니다. 마음에 여유가 있는 사람이 고개를 숙일 때는 겸손이 되지만, 누가 봐도 허세가 가득한 겸손은 비굴함이 됩니다.

마음의 여유가 있는 사람은 자기가 누리고 있는 것에, 가지고 있는 것에, 자기의 능력에 대해 과시하려 하지 않습니다. 시간이 지나면 가만히 있어도 남들이 알아주기 때문입니다. 그러나 여유가 없는 사람은 있는 척 해야 인정을 받을 거라는 조급함에 스스로 낙인을 찍어 상대가 보기에 비굴한 모습으로 남는 것입니다. 그래서 옛말에 '가만히 있으면 중간이라도 간다'는 말처럼 지나치게 나섬을 경계한 것인지도 모릅니다.

나서서 바보가 되기보다는 지금은 조금 모자라더라도 끈기 있기 자신을 채워 넣은 기다림의 바보가 오히려 빨리 발전하는 법입니다.

모르는 것, 부족한 것을 인정하고 항상 배울 수 있는 자세가 나를 더욱 성숙하게 합니다.

아홉 째, 습관적으로 포기하지 말기.

우리는 어떤 일에 있어 하기 싫어서, 혹은 별로 중요하지 않으니까, 나중에 해도 된다는 핑계로 많은 일들을 습관적으로 포기하며 살고 있습니다. 그리고 지금 포기한 별 것 아닌 일들이 앞으로의 미래에 내 인생에 얼마나 많은 영향을 끼칠지는 생각하지 않습니다. 사소하다고 해서 중요하지 않은 것은 절대 아닙니다.

예를 들어 자격증 시험공부는 실력이 되지 않아, 혹은 여건이 안되서 포기할 수도 있습니다.

최선을 다했다라는 조건하에서의 포기는 동정이라도 받을 수 있습니다. 그러나 일상적인 생활에서 습관을 고치는 것, 책을 한 달에

한 권 읽는 것, 친구를 사귀는 것, 봉사하는 것 등은 우리가 조금만 신경을 쓰고 투자하면 얼마든지 포기하지 않아도 되는 일들인데도 불구하고 많은 일들을 우리는 스스로 포기하고 있다는 것입니다. 불가항력의 상황이 아니라면 그 무엇이라도 포기하면 안 됩니다. 인생은 거창한 것에서 무엇이 이루어지는 것이 아닙니다. 작은 것들이 모여서 커다란 결과를 이루게 됩니다.

'노력의 댓가는 이유 없이 소멸되지 않는다'라는 격언이 있습니다. 아무리 사소한 일이라도 포기하지 말고 최선을 다해야 합니다. 포기도, 핑계도, 쌓이고 쌓이면 아주 무서운 습관이 됩니다.

열 째, 행복해지려 노력하기.

우리 삶의 궁극적 목적은 행복입니다. 물론 그 행복의 기준은 모두가 같을 수는 없겠지요. 돈과 명예, 건강과 보람 등 사람마다 기준이 틀리기에 행복의 기준을 정의 할 수는 없습니다.

어릴 적 부모님은 우리에게 먹는 것, 입는 것, 잠자리 외에도 조그만 것까지 챙겨주고 보살펴 주십니다. 성장하면서 학교, 학원, 간식, 시험일자까지 챙겨 공부할 수 있는 여건을 만들어 주십니다. 행복한 시간이었습니다.

그러나 성인이 되면 이 모든 것을 스스로 준비하고 챙기고 책임져야 합니다. 이런 현실과 마찬가지입니다. 우리는 우리가 누려야 할 행복 또한 우리 스스로 만들어가야 합니다. 이것은 누구도 부정할 수 없는 엄연한 현실입니다. 행복하고 싶지 않은 사람은 단 한 사람도 없을 것입니다.

가난하다고 행복하지 않는 것은 절대 아닙니다. 가난하더라도 자신의 형편에 만족하고 욕심 부리지 않고 검소하게 사는 것도 더할 나위없는 행복입니다. 오히려 칭찬을 받아야 마땅합니다. 앞에서도 언급했듯이 상대적이고 비교적인 바보들은 이해하지 못할 일입니다.

나는 행복을 만드는 방법으로 이러한 방법을 생각했습니다. 다소 통속적인 비유이기는 하지만 하나의 방법론으로 이해해 주시기 바랍니다.

- 오늘 책을 50페이지 읽고 나면 내가 가장 하고 싶은 게임을 할 수 있어!
- 게임을 할 때가 나는 가장 행복해!
- 하고 싶은 게임을 하기 위해서는 책을 50페이지 읽어야지!
- 책을 50페이지 읽어서 행복해! 게임을 할 수 있으니까!

행복하기 위해 스스로에게 약속하고 약속을 지킴으로서 행복을 누리는 방법이라고 생각합니다.

행복은 자신이 만들어가는 소중한 행위입니다. 그것은 거창한 것이 아닙니다. 작은 것, 사소한 것, 그러나 무언가 조금이라도 버릴 수 있는 나의 모습, 그 모습을 통해 누릴 수 있는 즐거움이 곧 행복입니다.

욕심쟁이 바보는 꽃을 꺾지만 착한 바보는 오래 두고 바라볼 줄 압니다. 그런 바보가 세상을 빛나게 합니다. 베풀 줄 알고 나눌 줄 알기 때문입니다.

세상이 혼탁할수록 어릴 때 어머니가 건네주시던 시원한 냉수 한 그릇의 의미가 더욱 생각납니다.

그것은 조건이 없는 베풂이었고, 아무런 첨가물이 없는 순수한 물이었기 때문입니다.

깨끗한 물에 물고기가 살 수 없듯이 잘난 척 하고 혼자만의 자만심으로 세상을 바라보는 사람 주위에는 진정한 사람이 있을 수 없습니다.

조금은 바보스러워서, 그 바보스러움이 순수해 보이고 편해 보이는 현명한 바보가 되어보는 것은 어떨까요!

멀리 보기

세 명의 친구가 있었습니다.

그는 친구 두 명과 함께 여느 때처럼 폐쇄된 철로 위를 걷고 있었습니다.

한 친구는 마른 체격으로 그와 비슷했고, 다른 한 친구는 그와 반대로 뚱보였습니다.

철로 위를 걷다가 세 아이는 철로 위에서 떨어지지 않고 누가 제일 멀리까지 가는지 시합을 하기로 했습니다. 두 친구는 최소한 뚱보는 이길 수 있을 것이라 생각했기 때문에 자신만만했습니다.

그의 머릿속에는 오직 마른 체격의 친구뿐이었습니다. 상대가 되는 친구는 바로 그 친구였기 때문이었습니다. 어떻게 하면 그를 이길 수 있을지 온갖 전략을 짰습니다.

그러나 결과는 예상 밖이었습니다. 그와 마른 체격의 친구는 채 몇 걸음도 가지 못하고 미끄러졌습니다. 몇 번을 더 시도해봤지만 결과는 마찬가지였습니다.

반면 뚱보친구는 흔들리지 않고 계속 철로 위를 걷고 있었습니다.

그를 얕보던 친구가 놀라서 친구에게 물었습니다.

“우리보다 몸무게가 훨씬 많이 나가는 네 녀석이 어떻게 그렇게 오래 버틸 수 있지?”

“나도 모르겠어. 다만 너희들이 발만 바라보며 걸었을 때, 난 먼 곳을 바라보며 걸었을 뿐이야.”

그랬습니다. 뚱뚱한 친구는 자신의 체격 때문에 다른 두 친구처럼 자신의 발을 보며 걸을 수가 없었습니다. 자신의 발을 보지 못해 불안했지만 어쩔 수가 없었습니다. 그는 철로 위의 먼 지점을 바라보며 그곳을 목표로 잡았습니다. 그리고는 자신이 정한 목표만을 향해 걸어갔습니다.

그리고 그 목표에 다다르면 또 먼 곳에 목표를 정하고, 그렇게 계속 새로운 목표를 잡아 걸었기에 철로 위를 떨어지지 않고 걸을 수 있었던 것입니다.

유명한 연설가 하르세 윌슨의 이야기입니다.

그는 훗날 어른이 돼 강연을 할 때면 이런 이야기를 자주 꺼내며 말하곤 했습니다.

“나는 나무를 보며 걸었지요. 반면 그 친구는 숲을 보며 걸었던 것이고요. 거기에서 이미 승부는 결판이 났던 겁니다.”

여기에는 또 하나의 의미가 숨겨져 있습니다.

멀리 보는 것은 지금의 나쁜, 불편한, 어려운 상황에 대한 비관을 염려하지 않는 여유로움입니다.

살다보면 누구나 한번쯤은 보이지 않는 벽에 가로막혀 당황스러울 때가 있을 것입니다.

앞은 보이지 않고 돌아갈 수도 없는 지금 상황을 어떻게 탈출해야 될 것인가?

이 책을 쓰고 있는 지금 나 또한 같은 심정입니다. 여기까지 와서 포기 할 수도 없고, 내가 어떤 글을 어떻게 쓰고 있는지?

많이 부족한 내가 책을 출판해도 되는 것인지?

하루하루를 이렇게 보내도 되는 것인지?

내가 이렇게 살고 있는 것이 맞는 것인지?

회사를 이렇게 경영해도 되는 것인지?

우리 가족한테 이렇게 해도 되는 것인지?

끊임없이 고민해 보지만 정답은 없습니다.

내가 목표물을 바라보고 걸어가듯 흔들리지 말고 한걸음 한걸음씩 하루하루 실천하다보면 언젠가는 원하는 결과를 얻을 수 있을 것이라 확신합니다.

좋은 결과의 확신에는 분명 포기하지 않는 성실이라는 전제조건이 붙어 있을 것입니다.

지금 이 불안하고 답답함만 보지 말고 멀리 있는 희망을 보고 목표에 다가갈수록 분명 하나씩 해소될 것이라는 믿음을 갖고 노력해야 합니다.

길 잃은 산속에서의 불빛은 두려움을 해소시켜 주고 희망을 주게 됩니다. 길 잃은 사람은 살기 위해 그 희망의 불빛을 따라 하염없이 걷지만 가도 가도 끝이 없습니다. 하지만 짜증을 내거나 포기를 하지 않습니다. 그 불빛만이 살 길이니까요!

포기하지 않고 인내로 불빛을 따라 가다보면 시간이 걸릴 뿐이지 분명 불빛이 있는 곳에 도착하게 됩니다.

가까이 있는 것에 집착하지 말고 내일을, 일 년 후를, 10년 후를 내다 볼 수 있는 인내심과 현명함이 필요할 것 같습니다.

하나의 상황을 잘 이해하고 믿으면 여러 가지의 길이 순조롭게 열리는 법입니다.

구체적인 계획은 구체적인 결과를 가져오지만 막연한 계획은 아무런 결과도 가져오지 않는다고 했듯이 멀리 있는 목표를 바라보되 그 목표를 이루기 위한 구체적인 계획을 세워보는 현명함이 분명 그대에게는 있습니다.

통, 통, 통, 하면 행복합니다

통, 통, 통, 하는 사람이 행복합니다.

무슨 말이냐고요?

옛말에도 있듯 궁즉통(窮卽通-매우 궁한 처지에 이르면 도리어 펴나갈 방법이 생김)이라고 했고, 기가 차서 죽겠다고 했습니다. 한계에 다다르면 스스로 통한다고 했고, 기가 통하면 산다는 말이지요.

요즘의 세태를 걱정하는 많은 목소리들이 있습니다.

그 중의 하나가 스마트 병이라고 합니다. 들어 보셨습니까?

발전된 문명에 대한 이기의 극치라 할 수 있는 스마트폰 이야기입니다. 여기에서 비롯된 스마트 병은 목 디스크와 청력을 떨어뜨리는 심각한 부작용을 야기하고 있다고 합니다. 더욱 중요한 것은 개인주의의 심화와 소통의 어려움에 있다고 합니다. 판단력이 어느 정도 갖추어진 성인들은 괜찮다고는 하지만 그 정도가 날로 심각해지고 있는 현실이고, 어린이까지 심취하다 보니 그 전망은 아주 어둡습니다.

대중교통을 이용하는 사람들의 모습을 지켜보면 너나없이 스마트폰을 보며 자신만의 시간과 공간에 너무나 몰두하고 있습니다. 공짜로 제공이 되는 게임, 동영상, 음악, 가벼운 체팅, 대화, 텔레비전 시청은 물론 영화감상까지 불가능한 것이 없습니다. 우리는 이미 친구들이 없어도 스마트폰하고 심심하지 않게 잘 지내는 것에 점점 더 익숙해져 가고 있습니다. 아마도 친구보다 더 스마트폰과 친할지도 모르겠습니다. 심지어는 집에서 부모님과의 식사시간에도 밥을 먹으면서 열심히 무언가 스마트폰을 들여다보고 있습니다. 스마트폰과 더불어 식사를 하니 부모님과 대화할 일이 없어집니다. 가뜩이나 뜸한 가정에서의 대화에 스마트폰이 자리를 차지하다 보니 대화 자체가 사라져버릴 상황입니다. 이처럼 스마트 병은 우리들의 관계를 마음이 아닌 머리와 눈으로만 소통하게 만들고 있습니다.

소통의 중요성이 앞으로 더욱 강조되는 시대입니다.

소통疏通이 사회생활에 미치는 영향에 대해 많은 방송과 신문이 그 중요성을 강조하고 있습니다. 사회생활은 혼자 할 수 없으므로, 더 밀도가 있고 심도가 있는 관계를 형성하기 위해서 소통이 그 유일한 수단이라고 끊임없이 주장합니다. 소통의 중요성을 강조하기 위한 강연도 넘쳐나고 있습니다. 소통하기 위한 하나의 도구로서의 스마트폰이 소통을 방해하는 기구로 전락해버린 이유는 과연 무엇일까요?

이렇게 강조해도 부족한데 요즘은 소통하기조차를 귀찮아합니다. 나 혼자도 잘 지내는데 남의 일까지 신경 쓸 이유가 없어진 것입니다. 개인주의의 팽배가 어제오늘의 일은 아니지만 그 정도가 날로 심해지고 있습니다. 굉장히 우려스러운 일입니다.

이 책에서 나는 성공이라는 단어를 굉장히 자주 쓰고 있습니다.

"행복하게 살자! 행복이란 감정을 갖는다는 것이 그리 어려운 것이 아니다! 누구나 행복할 권리가 있다! 우리는 지금도 충분히 행복한데 많은 사람들이 행복이란 감정을 잊고 살고 있다! 행복은 멀리 있지 않다! 행복은 작은 것에 감사함에서부터 시작한다!"

즉 '성공하면 행복해진다, 행복해지기 위해서 성공해야 한다!' 라는 결론을 내리고 있습니다. 다시 말해 성공은 굉장히 주관적이라는 말이며, 그 목표가 크든 작든지에 상관없이 내가 하고 싶고 이루고자 하는 무언가를 이루고 성취하는 것, 그 자체가 성공이라고 이야기하고 싶습니다.

그런 성공을 했을 때 행복은 당연히 따라온다는 확신을 가지고 있습니다.

그러나 우리가 성공을 하려면, 그래서 행복해지려면 그 과정이 제대로 여야 합니다.

그것이 바로 제가 말하고 싶은 통, 통, 통입니다.

먼저 우리는 가정에서, 직장에서, 친구들과, 마음을 나누는 소통疏通

을 할 수 있어야 합니다. 소통의 가장 기본은 착한 말, 예쁜 말, 고운 말이라는 사실은 잘 알고 계시죠? 말 한 마디로 천 냥 빚을 갚는 것도 중요하지만 신뢰를 줄 수 있는 가장 강력한 무기를 갖는다는 의미에서 소통의 마음을 가지는 것은 참으로 중요합니다. '부드러운 말로 상대방을 설득하지 못하는 사람은 위엄 있는 말로도 설득하지 못 한다'고 러시아의 대문호 안톤 체호프는 말했습니다.

이러한 소통을 기본으로 하여 감정을 공유하면서 배려하고, 겸손함으로 서로 감통(感通-느낌이나 생각이 통함)하는 과정을 거치면 많은 사람들과 더 좋은 관계가 될 것 입니다. 지금의 시대는 기술의 시대를 지나 감성의 시대, 디자인의 시대라고 이야기 합니다. 그동안 등한시했던 인문학의 중요성이 더욱 강조되고 있습니다.

감각과 감성이 없는 인간관계는 깊이가 없을 뿐만 아니라 감동도 없습니다. 많은 기업의 CEO들이 고객들에게 감동을 줄 수 있는 제품을 만들라고 강조하는 것도 절대 우연이 아닙니다.

여기에서 관통(貫通-처음부터 끝까지 일관, 꿰뚫어 통함)에 대해 이야기 하고자합니다. 상황판단에 뛰어나고, 끝까지 끈기를 가지고 신의信義를 지키며, 내게 주어진 일을 반듯이 해낼 수 있다는 신념을 가지고 있다면 그 사람은 시대정신과 더불어 사람을 휘어잡는 리더쉽의 힘을 가지게 됩니다. 관통이 가능한 사람이라는 뜻입니다. 그런 사람에게는 성공이라는 결과가 반드시 뒤따라옵니다. 그러나 더욱 중요한 것은 그런 사람은 성공의 여부를 떠나 늘 행복한 사람입니다.

소통이 잘 되고 감정을 주고받을 수 있는 사람은 주위에 사람들이 넘쳐 납니다. 많은 사람들 속에서 관심 받으며 하는 모든 일들은 대부분 순조로울 것이고, 어떤 일과 어떤 상황에서도 혼자가 아니라는 현실 자체가 행복의 시작입니다.

통, 통, 통 하면 행복합니다.

통疏通, 통感通, 통貫通, 이렇게 살고 싶지 않으세요!

행복한 사람은 행복한 이유가 있다

'지금 내가 행복한가?' 라고 먼저 자신에게 질문해보시기 바랍니다!

스스로를 일컬어 행복하다고 말할 수 있는 사람은 많지가 않습니다.

행복의 기준이 너무나 모호하고 광범위하기 때문입니다.

그리고 애써 이런 모호한 기준을 놓고 사람들의 행복에 대해 이야기하는 것도 참 어려운 일입니다.

나는 사람들의 삶, 최소한 내 주위 사람들에 대해서는 모두가 행복했으면 좋겠다고 늘 기도하는 사람이고, 또한 나를 포함한 많은 사람들이 행복해지기 위한 방법을 두고 고민하는 사람 중에 한 사람입니다.

그러나 그런 일은 참으로 어려운 일입니다.

누가 함부로 개인의 행복에 대해 왈가왈부할 수 있단 말인가요?

그것은 어찌 생각하면 신의 영역에 속하는 일일 것입니다.

그런데도 불구하고 수많은 사람들이 행복에 대한 논의를 그치지 않습니다. 그것이 너무나 어려운 일인데도 말입니다. 또한 그만큼 중요하다는 이야기이기도 하겠지요.

그런데 문제는 의외로 행복한 삶을 선택한다는 것이 참으로 쉽다는 것, 너무도 쉽게 해답을 도출해 낼 수 있다는 것, 방법이 의외로 간단하다는 것입니다.

결론은 실천입니다. 그리고 그 실천을 위한 마음가짐입니다.

그리고 항상 염두에 두어야 할 것은 행복의 개념이 너무나 광대한 것 같지만 너무나 상대적이고 객관적이고 이기적이란 것입니다.

벌써 이런 정리에 이르면 행복이란 것은 지극히 남의 것이 아니라 내 마음대로 가지고 놀 수 있는 단순한 존재라는 것입니다.

이런 글을 읽은 적이 있습니다.

걸을 수만 있다면

걸을 수만 있다면, 더 큰 복은 바라지 않겠습니다.
누군가는 지금 그렇게 기도를 합니다.

설 수만 있다면, 더 큰 복은 바라지 않겠습니다.
누군가는 지금 그렇게 기도를 합니다.

들을 수만 있다면, 더 큰 복은 바라지 않겠습니다.
누군가는 지금 그렇게 기도를 합니다.

말할 수만 있다면, 더 큰 복은 바라지 않겠습니다.
누군가는 지금 그렇게 기도를 합니다.

볼 수만 있다면, 더 큰 복은 바라지 않겠습니다.
누군가는 지금 그렇게 기도를 합니다.

살 수만 있다면, 더 큰 복은 바라지 않겠습니다.
누군가는 지금 그렇게 기도를 합니다.

놀랍게도 누군가의 간절한 소원을 나는
다 이루고 살았습니다.

놀랍게도 누군가가 간절히 기다리는 기적이
내게는 날마다 일어나고 있습니다.

부자 되지 못해도, 빼어난 외모 아니어도, 지혜롭지 못해도
내 삶에 날마다 감사하겠습니다.

날마다 누군가의 소원을 이루고
날마다 기적이 일어나는 나의 하루를
나의 삶을 사랑하겠습니다.
사랑합니다.

내 삶
내 인생
나
어떻게 해야
행복해지는지 고민하지 않겠습니다.
내가 얼마나 행복한 사람인지
날마다 깨닫겠습니다.

나의 하루는 기적입니다.
나는 행복한 사람입니다

인터넷에서 빌려온 글이라 글을 쓴 사람의 상황까지는 파악하지 못했지만, 아마도 극한상황에서도 하루하루를 잘 견디어 내며, 사는 것 자체가 기적인 상황에 처한 사람의 글이라는 생각이 됩니다. 숨을 쉴 수 있다는 것에 감사한 마음, 얼마나 아련한 행복일까요!

아울러 아무런 장애도 불편도 없이 살아간다는 것이 그 사람에게는 그 삶 자체가 고스란히 물려받은 축복일 것입니다.

그러나 우리가 조금의 불만과 모자람이 없다는 그 자체를 축복이라고 쉽게 말하는 것은 그 반대편의 사람에게는 크나큰 상처가 될 수도 있음을 우리는 잠시도 잊지 말아야 합니다. 그런 사람은 자신의 그 축복을 나누기 위해 고통 받는 다른 사람을 생각하고 따뜻한 마음을 베풀 수 있는 여유가 필요합니다.

삶이 그저 고마운 일이고 축복이라고 노래만 부르고 있을 일이 아닙니다. 그래서 나는 다른 사람이 행복해지는 일을 위해 고민하고자 하는 것입니다. 우리가 경계하여야 하고 조심해야 할 부분이 바로 이런 것입니다.

행복하다고 말할 수 있는 사람은 그 행복의 반대에 대해서도 알고 있어야만 비로소 진정한 행복의 의미를 아는 사람이라고 나는 생각합니다. 태어나면서부터 부족함이 없이 모든 것을 누린 사람은 진실로 행복함을 모르는 사람입니다. 그러한 사람은 그 행복이 그저 주어지는 공기와 같은 것으로 생각하기 때문에 행복의 기준과 가치와 그 소중함을 모르는 것과 같습니다.

그리고 그 사람들은 타인이 고통에 대해 반드시 공감할 필요가 있습니다. 그래야만 자신의 행복의 배경에 깔린 타인의 고통을 이해함으로서 행복의 가치가 얼마나 귀중한 것임을 알 수 있기 때문입니다. 지극히 이기적이고 배타적인 사회로 변모가 되고, 지나친 경쟁이 심화되다 보니 마치 자신의 성공이 자신의 오롯한 성취의 결과물로만 생각하는 극단의 개인주의로 변질이 되었고, 뒤를 돌아다보거나 남을 배려하지 않는 상황이 현실이 되었습니다.

성공이 행복의 열쇠라는 결론은 잠시의 실패와 상실과 패배와 굴욕에도 쉽게 절망하고 극단적인 선택을 하는 경향을 만들었습니다.

성공해야만 행복해질 수 있는 걸까요?

성공이 쉬워 보이는 만큼 절망의 거리 또한 더 가깝습니다. 항상 성공만 할 수 있는 사람도 없고, 또한 항상 실패만 하는 사람도 없습니다. 조물주께서는 한 사람에게 모든 것을 다 주지 않기 때문입니다.

그러기에 완벽한 인간은 없다고 합니다.

고통이 사람을 성숙하게 하고 지금의 고통이 그대로 하여금 더욱 튼튼한 미래를 약속하리라는 상투적인 말은 하지 않겠습니다.

그러나 그런 시간은 반드시 다가옵니다. 그런 약속과 희망이 오히려 오늘을 이기게 하고 내일을 약속하는 확실한 보증수표가 될 것이라는 말을 감히 주장하고자 합니다.

행복한 사람에게는 행복한 이유가 있습니다.

자기 자신을 사랑하기 때문입니다. 그러니 지금 자신이 처해 있는 상황마저도 사랑하고, 그래서 그것을 내팽개치거나 함부로 대접하지 않습니다. 지금 편안하게 숨을 쉬는 여유, 지금 나의 가난과 어려움을 지켜볼 수 있는 용기, 미래를 향해 성큼성큼 걸어갈 수 있는 기상 혹은 호연지기, 이런 상황을 거부하지 않고 온몸으로 껴안고 달려가는 도전이 있기 때문에, 그 사람은 행복한 사람입니다.

우리는 그것을 의지意志라고 하고, 희망希望이라 하고, 사랑이라 하고, 만족滿足이라 하고, 전망展望이라 하며, 성찰省察이라고 합니다.

나는 이것을 사람이 가질 수 있는 가장 소박한 권리라고 생각합니다.

이런 몸과 마음, 정신을 기꺼이 허락해 주신 부모님과 친구들과 선생님들이 있기에 우리는 참 행복합니다.

나는 아울러 그것을 사람들과의 동행同行, 시대와의 동행이라고 말하고 싶습니다.

'자신을 사랑할 줄 아는 사람이 남도 사랑한다'라는 말처럼 자신을 사랑하고 소중히 여길 줄 아는 것이 행복하기 위한 시작이고, 내가 얼마나 행복한지를 끊임없이 자신에게 묻고 감사할 줄 아는 마음이 행복할 수 있는 자격이라고 생각합니다.

행복한 사람은 분명히 행복한 이유가 있습니다.

부족함에도 행복하다는 생각을 할 수 있는 마음만으로도 당신은 충분히 행복해 질 수 있습니다.

얼마 전에 정말 마음에 와닿는 기사를 읽었습니다.

장 자크 상페의 그림과 르네 고시니의 글로 유명한 〈꼬마 니콜라〉와 더불어 십 년 넘게 우리나라 독자들의 사랑을 받는 정신과 의사 출신의 작가 프랑수아 플로르의 〈꾸뻬 씨의 행복여행〉이란 책에 관한 이야기였습니다. 그가 말하는 행복의 조건 중의 몇 가지가 평소 제가 생각한 점과 별반 다르지 않았다는 것입니다.

나의 존재를 다른 사람과 비교하지 말라, 자신이 정말 좋아하는 일을 하라, 다른 사람에게 꼭 필요한 존재가 되도록 노력하라, 행복은 상황을 바라보는 방식에 따라 달라질 수 있다, 행복은 내가 좋아하는 사람과 함께 있는 것!

생각해 보면 우리가 행복할 수 있는 것은 나 자신의 의지의 문제입니다. 누구나 아는 문제입니다. 누구나 느끼는 것입니다. 그러나 문제는 실천의 문제, 인식의 문제입니다.

놀라울 것도 없이 그의 생각과 내 생각의 차이, 누구나 알고 있지만 느끼지 못할 뿐입니다. 결론적으로 말하자면 프랑수아 플로르와 나의 생각의 차이에는 시간과 공간을 넘어 거의 비슷하다는 것입니다. 내가 특별한 것이 아니라 행복의 개념에 대한 인식은 거의 같다는 것입니다. 중요한 것은 앞에서 언급한 것처럼 몸으로 느끼고 실천하고 있는 그대로를 바라보는 것입니다.

나는 특별하다, 존재 그 자체가 축복이다, 그렇게 생각하고 마음껏 나의 세상을 만들어 가는 것이 가장 평범하면서도 소중한 일입니다.

존재의 자유와 자존自存의 문제, 이런 문제에 있어서는 지독하게 이기적利己的이어도 아무런 문제가 없다고 나는 생각합니다.

아침을 좋아하는 사람이 누릴 수 있는 행복

새벽부터 아침까지의 길지 않은 시간은 평범한 일상의 삶을 사는 우리들에게 너무나 소중한 시간입니다.

새벽의 상징은 무엇일까요?

굳이 아침 형 인간을 말하지 않더라도 하루의 시작은 참 중요합니다. 너무나 일상적이라서 그 의미를 모르고 기계적으로 그 시간을 맞는다는 것은 참으로 자기의 삶을 낭비하는 것이라고 나는 강조하고 싶습니다.

나는 새벽을 좋아합니다.

학창시절 중간고사나 기말고사를 볼 때, 자격증 시험을 볼 때, 무언가를 해야 할 일이 생기면 새벽시간을 활용합니다. 공부보다 노는 것을 좋아하는 나는 친구들과 놀 때 같이 놀아야 하고, 먹을 때는 같이 먹으러 다녀야 하고, 같이 행동하며 학창시절을 보내며, 또한 그 친구들과 경쟁을 하며 친구들보다 조금 더 좋은 결과를 얻을 수 있었던 것은 아침을 감사한 마음으로 시작했기 때문이라고 확신

합니다.

몸이 아파 잠에서 깨어 본 일이 있습니다. 일어날 수도 더 잠을 잘 수도 없는 시간이 너무 고통스러웠습니다. 몸이 아프다는 고통은 사람을 너무도 무기력하게 만들어 버립니다. 아픈 몸으로 시작한 아침에 무엇을 할 수 있을까요! 무엇에 대해 감사할 수 있을까요!

건강한 몸과 마음으로 시작한 나의 아침을 감사한 마음으로 시작합니다.

나는 감사한 아침의 시간을 절약하여 나의 하루를 위해, 꼼꼼하게 시간을 투자하기 위해 노력합니다. 조금만 부지런을 떨면 그것은 얼마든지 가능한 일입니다. 우선은 자기 생활의 패턴에 충실하고 자기 절제가 분명해야 합니다. 보고 싶은 것 많고 즐기고 싶은 것 많고 만나고 싶은 사람이 많은 우리들에겐 조금은 벅차 보이는 명제임에는 분명할 것입니다. 그러나 시간이 나를 기다려주지 않고 세상은 그리 넉넉하지도 호의적이지 않다는 것 또한 분명한 사실임을 잊지 말아야 합니다.

조찬특강이나 조찬모임에 나갑니다. 문제는 나만 그러는 것이 아니라는 것입니다. 성공한 CEO들의 모임이나 실적 좋은 회사의 회의는 자주 아침 일찍 열린다는 사실을 아는 것은 물론 일반사원들도 별도로 아침모임을 만들어 자기계발이나 업무영역의 확장을 위해 노력한다는 사실을 알고 있습니다.

내가 조찬을 좋아하는 이유는 첫째, 좋은 강의를 들으면 새로운 다짐이 하나 둘씩 생기고 그 다짐으로 설레는 하루를 시작할 수 있다는 것입니다. 둘째, 강의를 들으려 새벽잠을 설쳐가며 자리를 지키고 있는 많은 사람들 속에 속해 있다는 뿌듯함입니다. 셋째, 오늘 하루는 남보다 일찍 시작했으므로 남들에 비해 뒤처지지 않았다는 자신감입니다. 넷째, 많은 사람들과 공유할 수 있는 주제가 생기고 그 날 운이 좋으면 괜찮은 멘토를 만날 수 있다는 희망으로 조찬에 참석합니다. 마지막으로 나의 민생고인 끼니 해결이 된다는 아주 중요한 현실 또한 조찬 참석의 즐거움입니다.

아침 일찍 상쾌한 기분으로 남보다 먼저 일을 시작하고 하루를 성실하게 보내고 약간의 피곤과 더불어 보람차게 집으로 돌아오는 길, 뜨거운 물로 몸을 씻고 오늘 하루를 반성하는 일은 생각보다 쉽습니다. 다만 필요성을 못 느껴 실천을 안 할 뿐입니다.

그런 사람의 하루는 남들보다 깁니다. 길기 때문에 더 많은 길을 걸어갈 수 있습니다. 더 많이 걷기 때문에 더 많은 사실들을 보고 배우고 듣습니다.

어떤 학자가 말하기를 아침의 에너지가 밤의 에너지보다 더욱 역동적이라고 했습니다.

남들이 그냥 흘려보내는 새벽시간을 활용해 듣는 조찬 강의나 자기계발을 위해 남보다 일찍 시작한 사람들의 하루는 그렇지 못한 사람들과 비교했을 때 무엇이 틀릴까요?

지금 당장은 아니더라도 새벽을 좋아하는 사람들은 1년 후, 5년 후, 10년 후에 분명 자기가 원하는 모습이 만들어져 있을 것이고 원하는 자리에 앉아 있을 거라 확신합니다.

아침을 이용해 내가 하고 싶은 일을 할 수 있다는 것, 미뤄두었던 계획을 이룰 수 있다는 것, 남보다 즐길 수 있는 시간이 더 많은 행운을 만들어보는 것은 어떨까요!

두 얼굴의 레이디가가

불교 경전에 나오는 말씀 중에 조고각하照顧脚下라는 말이 있습니다.

이 말은 댓돌에 올랐을 때는 반드시 뒤를 돌아보고 신발을 정리하라는 뜻입니다.

이 말을 넓게 해석해 보면 항상 자신의 뒤를 돌아보고 난 뒤에 앞을 볼 수 있는 마음가짐을 이르는 말이기도 하고, 늘 겸손하라는 뜻도 포함이 되어 있다는 것을 미루어 짐작할 수 있습니다.

섣불리 이렇게 거창하게 말을 시작하는 것은 미국의 팝스타인 레이디가가에 대한 이야기를 듣고 반성한 바가 있기 때문입니다. 레이디가가는 설명이 필요 없는 미국 출신의 대형 가수이지요. 요란한 몸짓, 선정적인 화장, 도전적인 노래로 많은 인기를 누리지만, 그만큼 반대의 기치旗幟를 높이 드는 사람도 많기로 유명하지요.

나는 레이디가가에 대해 아는 것이 없습니다. 다만 그의 자유분방한 모습이 싫었습니다. 선정적인 모습과 말투 또한 거북스럽습니다. 딱히 이유가 있어서가 아니고 내 취향이 아니기에 그냥 싫은 것입니다. 너무 튀는 모습이 한국적인 정서에서는 아무래도 거부감이 있었겠지요. 우리나라에 와서 공연을 할 때는 보수단체의 반대 때문에 비교적 얌전하게(?) 공연을 했고, 아시아의 어느 나라에서는 입국을 거부당하기도 했지요.

하지만 지금 언급하고자 하는 것은 레이디가가의 외형적인 모습이나 그의 음악을 말하고자 하는 것이 아닙니다. 누군가의 도움이 절실할 뿐만 아니라 사회적 음지에서 신음하고 있는 위기의 청소년들에게 도움을 주기 위해 재단을 설립했다는 이야기를 하고 싶습니다.

그녀는 이렇게 말했다고 합니다.

"각 개인이 태어난 그대로 인정받고 사랑받는 멋지고 새로운 사회가 필요합니다. 용기와 친절의 표준을 정립할 뿐 아니라 괴롭힘을 당하거나 버림받는 사람들을 보호하고 도와주는 세계 공동체를 만들어 나갈 것입니다."

그 단체의 이름은 '본디스웨이 재단'입니다. 그녀의 두 번째 앨범인 '본디스웨이Born This Way'에서 따온 것이라고 합니다. 본디스웨이는 '원래 이렇게 태어났어'란 뜻이랍니다. 우리나라의 정서로 보자면 상당히 자조적인 의미가 포함된 말이지만 그렇지가 않다고 합니다. '각 개인이 태어난 그대로 인정받고 사랑받는' 의지를 표방했다는 것입니다.

재단의 설립을 위한 취지문을 읽어봐도 충분히 그런 의지를 느낄 수가 있습니다.

우리는 모두가 안전함을 느끼고 자신감을 얻을 수 있는, 그리고 세상에 변화를 가져올 권리를 갖고 있다고 믿습니다. 다함께 받아들임, 용감함, 그리고 사랑을 향해 나아갑니다.

We believe that everyone has the right to feel safe, to be empowered and to make a difference in the world. Together, we will move towards acceptance, bravery and love.

이렇듯 그녀가 재단을 설립할 수밖에 없는 동기가 분명 있었습니다.

친구들로부터 수년간 성적인 정체성 때문에 놀림을 당하고 성폭행을 당한 14세의 제이미 로드미어가 자살한 사건이 발생하고 말았다고 합니다. 이것이 재단설립의 직접적인 동기가 되었다고 하지만, 자세한 내막을 들어보면 보다 근본적인 동기가 또 있었습니다.

레이디가가는 11세에 뉴욕의 맨해튼에 있는 가톨릭계 사립학교에 입학했습니다. 뉴욕의 10대 명문 사립학교로 꼽히는 이 학교는 학비로만 3만 달러가 드는, 그래서 부유층 자제들만 다니는 학교로 알려져 있습니다. 레이디가가의 본명은 스테파니 조앤 앤젤리나 저머노

타, 평범한 집안의 아이였습니다. 그리고 부모님이 힘들게 돈을 버는 저소득층이라는 사실에도 불구하고 비싼 사립학교에 다니는 현실이 무척이나 괴로웠다고 했습니다. 하지만 교육열에 불타는 부모님의 의지를 꺾을 수는 없었습니다. 그리고 그런 사실을 잘 아는 친구들로부터 따돌림, 우리가 흔히 말하는 왕따를 당하기 십상이었습니다. 그리고 자신의 내면에 숨겨져 있는 반항과 저항의 정신, 예술적 천재성이 종종 현실과 마찰을 일으키기는 오히려 당연한 일이기도 했으리라 짐작이 됩니다. 그녀는 이렇게 말했습니다.

"내가 너무 도발적이고 괴짜라는 이유로 늘 아이들의 놀림감이 되었습니다. 그렇게 괴짜로 취급받는 게 싫어서 나는 가능한 개성을 최대한 억눌러야 했습니다.

"제이미 로드미어의 소식을 접한 그녀는 이렇게 생각했다고 합니다.

"그 소식을 듣고 나는 며칠간 울고, 소리를 지른 후 깊이 있게 생각을 했습니다. 그리고 분노가 치밀었습니다. 한 사람의 인생에서 이유도 없는 잔인함이 상시적으로 일어날 때, 타인에 대한 사랑을 느끼기란 불가능하다고 생각합니다".

몸의 폭력만큼이나 정신적인 따돌림이나 집단 괴롭힘은 또 다른 이름의 잔학한 폭력입니다. 보이지 않기에 더욱 지능적이고 계획적이며 비인간적입니다. 위계와 전통적인 질서만을 강조하는 가부장적인 의식이 아직 시퍼렇게 살아있는 우리의 사정도 많이 다르지는 않습니다.

어느 날 부터인가 듣지도 못했던 '왕따'라는 단어가 가장 먼저 뉴스에서 흘러나오기 시작했습니다. 물론 아주 예전에도 친구를 따돌리고 놀리면서 학창 시절을 보내왔었다고 합니다. 그러나 지금처럼 그렇게 죽음에 이르기까지 친구를 괴롭히거나 학교를 포기할 만큼 심각한 수준은 아니었습니다. 그러나 지금의 우리 아이들은 어떻습니까?

부모 입장에서 우리 아이가 혹시 왕따는 아닐까 살펴봐야 하고 확인해야하고 눈치 봐야 하는 것이 현실이 되어 버렸습니다.

학생들이 극단적인 행동을 하는 이유는 여러 가지가 있겠지만 그 중 가장 충동을 많이 느끼는 이유 중에 하나가 성적비관에서 왕따 문제로 확대 되고 있다는 것이 무서운 현실입니다.

그럼 피해학생들은 불쌍하고 가해 학생은 무조건 나쁜 학생일까요?

아무도 정답이라고 확신을 하면 안 된다고 생각합니다.

물론 왕따를 당하는 학생은 억울하지요. 특별히 이유가 있어서가 아니고 아주 사소한 이유가 전이 되어 어느 날 자신도 모르게 왕따를 당하고 있는 상황이 되어버렸으니까요!

왕따를 당하는 학생은 누구한테도 얘기할 수가 없어 너무 힘들고, 혼자서는 벗어날 수 없다는 두려움에 차라리 모든 것을 포기해 버리고 극단적인 생각에 까지 이르게 되는 것이 피해 학생들의 마음입니다.

왕따를 시키는 가해 학생은 어떤 가요!

자신들이 어떤 일을 저지르는지도 모릅니다. 그냥 재미로 하는 행동들이 얼마나 잘못된 행동인지 또한 어떠한 책임을 져야 하는지도 모르고, 피해 학생의 마음은 생각조차 하지를 않습니다. 더욱 무서운 것은 왕따를 당하던 학생이 반대로 가해 학생으로 변하면 더 큰 문제가 발생한다는 것입니다.

자신이 당했던 것보다 더 독하게 친구를 왕따를 시키는 것입니다. 내가 당했던 것보다 더 당해 보라는 듯이.

왕따의 피해자에서 가해자로 변한 친구가 과연 처음부터 왕따의 피해자가 아니었다면 지금 왕따의 가해자가 되어 있을까요?

왕따를 주도하는 친구들을 조금만 더 이해하고 가르쳤다면 지금 그렇게 무서운 왕따의 가해자가 되어 있을까요?

해결해 주어야 하고 위로해 주어야 할 어른들은 그동안 어떠한 해결책이 있었나요?

학교에서는 문제가 시끄러워지는 것이 싫어서 조용히 묻으려고만 했고, 가정에서는 학창 시절에 누구나가 겪는 과정이라고 쉽게 지나쳐 버렸습니다. 이러는 사이 아이들은 누구도 해결해 주지 못할 것이라는 실망과 포기를 하고 더 많이 상처받고 모든 끈을 놓아 버리는 상황이 되어 버렸습니다.

이제 우리 어른들은 늦게나마 느끼고 후회를 합니다. 다시는 이런 문제가 발생하지 않도록 관심과 해결책을 준비해야 할 것입니다.

이렇게 그녀는 소위 '왕따 추방 재단'인 본디스웨이를 만든 것입니다. 그녀는 청소년들의 폭력의 고리를 끊기 위해 직접 행동에 나섰고, 재단의 기금모금을 위해서 오바마 대통령을 직접 만나며 폭력의 위험성과 그 전염성에 대해 열띤 토론을 벌이기도 했습니다.

앞에서 언급을 했듯이 레이디가가의 겉모습만 보고 그녀의 모든 것을 이해할 수는 없습니다. 그녀는 자신의 뒤를 돌아볼 줄 아는 사람이었습니다. 그녀는 음악적인 활동뿐만 아니라 여러 곳에서 자선 활동을 펼치기도 했는데, 아이티 지진 참사를 돕기 위해 여러 연예인들과 함께 공연을 열어 50만 달러 이상을 기부하기도 했으며, 아울러 에이즈의 예방과 치료에 대한 많은 활동에도 적극적인 참여를 했습니다. 지구적인 재난인 에이즈의 확산을 막기 위해 다른 가수들과 자선기금모금 활동을 돕기 위한 캠페인에 참여하기도 했습니다. 목표금액인 100만 달러를 모을 때까지 페이스북, 트위터 등의 디지털 생활을 끊겠다고 선언하기도 했으며 결국 성공했었습니다. 과연 그녀다운 발상이었습니다.

그녀는 어떤 모임에서 이렇게 연설을 한 적이 있습니다. 참으로 오래 기억에 남을 너무나 인상적인 말이었습니다.

“냉소주의야말로 우리가 바꾸고 노력해야 할 바로 그 대상입니다.”

이것은 내면적 성찰이 없이는 불가능한 말이라고 나는 생각합니다. 아무리 그것이 대변인이 써준 것을 읽었다고 해도 말입니다. 그러나 대변인은 대변인일 뿐입니다. 그녀의 의지가 반영되지 않은 말을 임의로 쓴다는 것은 상상도 할 수 없는 일입니다.

내면적인 성찰은 조고각하의 의미와 닿아 있다는 것이 이 글의 생각입니다.

뒤를 돌아본다는 것은 자기 자신의 현재를 확인하는 일입니다. 그렇게 자신의 뒤를 돌아다보며 반성하고 어느 길로 가야 할지를 고민해 봅니다.

레이디가가의 이야기는 많은 것을 생각하게 하는 이야기임에는 분명합니다.

이 이야기를 듣고 다시 한 번 레이디가가의 모습을 생각하게 되었고 존경하는 마음까지 생기게 되었습니다. 훌륭한 사람에 대한 존경은 세대를 뛰어넘는 법입니다. 당연히 그래야만 하고요. 아울러 그녀의 그냥 겉모습만 보고 판단했고, 공인으로서의 모습이 내 마음에 안 든다는 이유로 싫어했던 내 자신을 반성해 봅니다.

우리는 누구나 고유한 내면의 모습이 있습니다. 겉모습과 비슷한 사람도 있을 수 있겠지만 완전히 다른 사람도 있을 것입니다.

우리가 흔히 보고 판단하는 겉모습이 우리가 상대를 알고 있는 내면의 모습은 아니라는 것을 배웠습니다.

각자의 능력에 심성까지 곁들여진다면 우리는 더 아름다운 미래를 얻을 수 있을 것이라는 생각이 듭니다.

지금은 능력도 중요하지만 인성과 심성이 더 중요시되는 시대이기 때문입니다.

우리가 늘 거울을 보는 것처럼 마음의 상태도 유심히 관찰해 보세요!

지금 그대의 내면의 모습은 어떤 모습인가요?

두 번째 에피소드

내가 가면 길이 됩니다

진부하고 재미가 없는 것, 그것이 진실이고, 진실을 떠난 허황된 현실은 이미 존재하지 않는다는 사실, 알고 보면 너무나 무섭습니다. 그래서 현실은 늘 진행형이고, 그 흐름을 따라가지 못하는 사람은 자연스럽게 도태가 되는 것입니다.

콤플렉스로부터 자유로워지기!

현대무용의 어머니라 불리는 이사도라 던컨Isadora Duncan과 노벨 문학상 수상작가이자 세계적인 지성인의 표방인 버나드 쇼의 청혼 이야기는 너무나도 유명한 에피소드입니다.

버나드 쇼를 흠모한 이사도라가 은근한 표현으로 청혼을 했다고 합니다.

"당신의 뛰어난 두뇌와 나의 아름다운 미모와 육체의 결합은 정말로 뛰어난 2세를 태어나게 할 수 있을 거예요."

버나드 쇼의 대답은 냉정했습니다.

"당신의 모자라는 두뇌와 나의 추한 외모의 결합은 상상할 수 없는 아이를 만들게 분명하오."

이사도라 던컨의 자아도취의 자부심일까요, 아니면 버나드 쇼의 심각한 콤플렉스일까요? 아니면 사람들의 현학적인 호기심의 상상일까요?

그에 대한 해답은 각자의 상상에 맡길 뿐입니다. 모든 상황을 긍정적으로 해석하는 사람이 있는가 하면 극단적인 부정으로 일관하는 사람의 차이라고 생각하기에는 시사하는 바가 많은 이야기라고 나는 생각합니다.

강의를 마치고 집으로 돌아오면 여러 가지 고민들을 상담하려고 인터넷을 통해 편지가 옵니다. 사람들의 관계와 성취, 그리고 자신감에 대해 이야기하는 경우가 많은 반면 의외로 심각한 상담 내용도 있습니다.

아래의 글은 인터넷에 올라온 상담내용입니다.

"외모콤플렉스가 너무 심합니다. 딱 호빗족('반지의 제왕'에 등장하는 못생긴 작은 종족)이라는 소리를 많이 듣습니다. 외모도 잘난 구석이 하나도 없어요."

"난 오덕이 아닌데 외모가 오덕이네요. 피부도 까맣고, 키는 160이구요, 비율이 좋지 않아요. 당연히 다리가 짧네요. 몸무게도 60킬로그램이나 나가구요…."

"20세 여대생인데 뚱뚱하다 보니 옷맵시도 안 나고…. 다른 여자애들 날씬하고 다리긴 애들 지나가는 거 보면 참 부럽기도 하고…. 얄미워요!"

"소개팅도 잘못 하겠어요. 대학교에서 만난 남자친구들은 정말 친구로만 남네요. 어떻게 극복하죠? 전 절실합니다. 삼봉이발소보고 많이 울었네요. 살을 잔뜩 빼면 괜찮아질까요?"

"머리가 큰데, 보통 사람보다 커서, 주걱턱 따위가 아니라 그냥 큰 거라서 안면윤곽으로는 줄어들지 않는다네요. 너무 슬퍼요. 저는 왜 그렇게 태어난 걸까요."

"그냥 딱 첫인상에 끌리는 외모가 아니에요. 사진빨은 대박 쩔게 안 받구요. 아, 아, 진짜 그냥 폭탄 같다! 어떻게 하면 좋을까요? 요즘 중, 고딩들은 왤게(왜 그렇게) 예쁜 가요. 다들!"

"나름 상위권대학교 여대생인데요, 같은 학교 동기 친구들, 공부만 한 것들이 예쁘기도 하네요. 비교가 되요. 어떡하죠?"

이 글을 읽으며 안타까운 마음을 금할 길이 없지만 문제는 외모 콤플렉스 때문에 올라온 상담이라는 사실에서 조금은 놀랍고 마음이 아팠습니다.

당신이라면 이 친구의 고민에 가득한 상담내용을 보고 어떤 말로 위로를 해줄 것인가요?

마땅한 결론이 떠오르지 않는 것은 그의 고민이 스스로 해결할 수 없는 나름의 심각한 고민이라는 생각을 떨쳐버릴 수가 없기 때문이고 그만큼 그녀에게는 절실한 문제라는 것입니다.

쉽게 답이 떠오르지는 않지만 언뜻 이런 생각을 했습니다.

개그 프로에 나오는 인기 있는 개그맨들은 대부분 외모에서부터 개성이 강합니다. 포스가 대단하죠. 요즘은 잘생기고 예쁘고, 노래까지 잘하는 개그맨들도 많이 있지만 대체로 많은 개그맨들이 외모에서 느껴지는 개성과 이미지로부터 개그가 시작되는 것입니다. 일찍부터 남다른 경쟁력을 갖추고 있는 셈입니다. 시청자들은 그들의 개성 있는 외모에 일단 한번 웃고 그 다음을 기대합니다.

"과연 어떤 개그가 나올까?"

몇몇 개그맨들은 자신들의 외모에 대한 콤플렉스를 극복하고 그것을 장점으로 극대화시켜 오롯이 경쟁력과 차별성으로 부각시킨 전형적인 사람들입니다. 만약 인기를 얻은 어느 개그맨이 외모에 대한 콤플렉스를 극복하겠다고 성형외과에 가서 수술을 한다면 그 결과는 과연 어떨 까요! 과연 지금의 인기보다 더 많은 인기를 얻을 수 있을까요? 모르긴 해도 악의에 찬 비방과 더불어 시청자들에 대한 모득謀得이라며 순식간에 화면에서 사라질지도 모를 일입니다.

사람들은 그의 본래의 그 캐릭터를 사랑하며 웃음을 요구한 것이지 시청자의 사랑으로 번 돈으로 일신의 변모를 원한 것이 아니었기 때문입니다. 물론 대중예술인으로서의 애환과 고통은 모르는 바가 아닙니다.

자신의 콤플렉스를 자신의 장점으로 승화시키기에는 많은 용기와 노력이 필요합니다.

다만 문제는 많은 사람들이 얼굴이나 몸매, 그런 외형적이 것들에만 집착한다는 것입니다.

'그대는 남들에게 보여주기 위해서 살고 있습니까?' 나는 이렇게 묻고 싶습니다.

외모에 집착하는 사이 우리는 내면의 성숙함에 대해 포기하고 살고 있는 실수를 범하고 있습니다.

내면을 들여다보세요. 타고만 외모는 어쩔 수가 없습니다. 필요에 의한 의학적인 성형과 기능적인 성형은 이미 준비되어 있습니다. 그러나 내면의 성숙은 의학으로도 해결이 되지 않음을 기억했으면 좋겠습니다. 그리고 중요한 것은 개성 있는 외모의 개그맨들이 외모만의 강점으로 성공했다고 보기 또한 어렵다는 사실입니다. 그들은 외모와 더불어 내면의 실력이 겸비되어 있었기 때문에 성공한 것입니다.

사람의 됨됨이의 모든 것을 외모로 판단하는 그런 사람들의 경박함도 문제지만, 그것에 마냥 휘둘리는 우리의 굳건하지 못한 자신감 또한 더욱 큰 문제입니다.

다시 강조하지만 성공한 개그맨들을 봤을 때 그들이 외모만으로 성공한 것이 아니라는 것입니다. 그들은 분명 보이지 않는 곳에서의 끊임없는 노력, 내면으로의 갈망과 도전이 있었기에 그들의 성공이 가능했던 것입니다. 물론 타고난 개성적인 외모와 재주에다 그들은 노력이라는 인간적인 고통을 더했습니다. 세상을 더 많이 알고, 사람들을 더 많이 알기 위해 같은 책을 읽어도 두 번을 더 읽었고 신문을 읽어도 더 꼼꼼하게 챙겨 읽었다고 합니다. 그것이 무엇이든지 본인들과 관련된 것에 대해서는 알려고 노력하고 배우려고 노력했다는 것입니다.

이런 말이 있습니다.

'행간行間을 읽고 안광眼光이 지배紙背를 철徹한다.'

글과 글 사이의 뜻을 주의 깊게 새기고, 눈빛이 종이를 뚫을 정도로 하나의 사실에 집중하여 해석한다는 뜻입니다.

그들은 그렇게 공부했다고 합니다.

다른 방법으로 접근해 볼까요. 우리가 웃고 즐기는 개그맨의 경우를 다시 생각해 보고 싶습니다.

개그맨들은 그냥 남을 웃기는 사람이 아닙니다!

그들은 자신의 재능을 직업으로 승화시켜 자신만의 삶을 사는 사람입니다. 온 국민을 한자리에 모아놓고 웃음을 줄 수 있는 사람들입니다. 최고가 되기 위한 그들의 노력은 보지 않아도 충분히 짐작이 되고도 남습니다. 최고가 아니면 자연스럽게 도태되는 현실의 본보기이기도 합니다. 그들은 일상적인 삶에 있어서는 남들이 흉을 보거나 콤플렉스로 작용했을 법한 외모와 행동을 훌륭하게 자신의 장점으로 변화시켜 생업은 물론 인기와 명예까지 거머쥔 사람들입니다. 그러나 드러나는 화려함과 그 인기를 위해 그들이 기울였을 노력은 우리로 하여금 참으로 눈물나게 하며, 직업의 한계에 도전하는 그들의 의지는 참으로 경외스럽습니다. 머리 나쁜 개그맨은 하나도 없습니다. 대중大衆의 힘을 아는 사람이기 때문입니다. 대중의 심리를 읽어내는 정확한 심미안審美眼이 있는 사람입니다. 아픈 곳과 가려운 곳을 집어내는 절대적인 감각의 소유자들이기도 합니다.

세상의 모든 사람들은 절대로 바보가 아닙니다. 동시대를 사는 사람들은 최소한 그 순간의 전문가이자 천재들입니다. 이러한 사실에 주목해야 합니다.

자신의 콤플렉스에서 벗어나지 못하면 내면의 성숙함을 채울 수 없습니다.

콤플렉스에서 벗어날 수 있는 힘은 그대만의 실력을 키우는 것입니다. 외모를 극복할 수 있는 자신만의 무기, 실력이거나 재주이거나 나만의 특성을 잘 키우면 됩니다.

아무 것도 두려워 할 것이 없습니다. 그대 자신을 확신한다면, 그대의 신념이 확실하다면, 그리고 그대 자신을 믿는다면 말입니다.

아울러 콤플렉스는 또 다른 동력이 된다는 사실입니다. 다만 당장의 현실에 굴복하지 않아야 한다는 조건이 우선입니다.

부끄러우면 지는 것이고 당당하지 못하면 아무리 성공한다 해도 그것은 위조된 것입니다.

외모가 떨어진다고 마냥 한탄만 하고 부모를 탓하고만 있으실 겁니까? 그렇다면 이처럼 어리석은 일이 세상에 또 어디 있겠습니까!

콤플렉스 때문에 인생이 변하고 그것을 통해 성공하는 사람들을 나는 주위에서 많이 보았습니다.

나 또한 학벌에 대한 콤플렉스 때문에 공부를 했고, 공부하다보니 어설픈 글도 쓰고 있는 지금의 내 자신을 보면서 콤플렉스가 결코 나쁜 것만은 아니라는 생각에 확신을 가져 봅니다.

나는 중학교 때 학급의 53명 중에 47, 48등을 했습니다. 부끄럽지만 사실입니다. 왜 그렇게 공부를 못 했냐고 묻는다면 여러 가지 이유가 나오겠지만 결국 핑계에 불과하고, 결과적으로 그때는 선생님조차도 신경을 안 쓰는 있으나마나한 학생이었습니다. 그래도 불행 중 다행인 것은 나쁜 짓은 안하고 다녔다는 사실입니다. 간섭당하기 싫었기 때문에 그냥 조용하게 자신만의 세상에서 머물 뿐이었습니다.

고등학교는 상업고등학교를 갔습니다.

그 후 아버지가 일찍 돌아가셨고, 장녀라는 책임감과 사명감에 동생들은 최소한 내가 가르치겠다고 마음을 먹고는 열심히 자격증도 따고 좋은 회사에 취직도 했습니다.

조금씩 생활이 안정이 되고 자리가 잡히면서 공부를 하고 싶다는, 해야 한다는 욕심이 생겼습니다.

공부를 더 하고 싶기도 하고 돈도 벌어야 하는 상황에서 선택한 것은 방송통신대학이었습니다. 방송통신대학의 특성상 입학하기는 쉽지만 졸업하기가 힘들다는 핑계를 대면서 10년 만에 졸업을 했습니다. 그러나 갈증은 풀어지지 않았습니다.

과정중심이 아닌 결과중심의 사회에서 보이지 않게 학벌에 대한 콤플렉스가 시작되었습니다.

어디를 가던 어떤 사람을 만나든지 나에 대한 첫 질문은 '어느 고등학교를 졸업 하셨어요?, 어느 대학을 졸업 하셨어요?', 라는 질문이었습니다.

나는 그때 상업고등학교와 방송통신대학 졸업이라는 학벌이 굉장한 콤플렉스로 작용하고 있었습니다.

그런 콤플렉스로부터 자유로워지고 싶어서 공부를 더 하기로 마음을 먹고 석사 공부를 다시 시작했습니다. 그 와중에 결혼을 하고 아이를 낳고 일을 병행하며 공부를 한다는 것이 너무 힘들어 포기를 하고 싶을 때가 한두 번이 아니었습니다. 그렇게 힘들게 석사를 마쳤는데도 무언가 항상 부족함이 남아 있었습니다. 남들은 그만큼해도 충분한데 뭘 그렇게 욕심을 부리냐고 했지만 나는 그렇지가 않았습니다. 욕심으로부터의 끝이 없는 것이 아니라 나 스스로의 콤플렉스에서 자유로워지지 않았던 것이었습니다.

다시 마음을 다잡았습니다.

'그래, 이왕 시작한 공부, 끝까지 한번 가 보자, 박사 한번 되어보자' 라는 생각에 다시 한번 도전을 했고, 결국 내가 목표한 결과를 얻을 수가 있었습니다.

박사학위를 취득하고 나서야 내가 가지고 있던 학벌에 대한 콤플렉스로부터 어느 정도 자유로워질 수 있었습니다. 이것이 지나친 자의식이고 상대가 없는 싸움이라고 뭐라 할지도 모릅니다. 그러나 그것은 나와의 싸움이었습니다.

내가 상업고등학교를 졸업했고, 방송통신대학을 다닌 자신 없는 이력으로 인해 생긴 학벌에 대한 나의 콤플렉스 때문에 더욱 노력할 수 있었고, 이로 인해 지금의 나를 만들 수 있어서 감사하다고 나는 말하고 싶습니다.

콤플렉스에서 자유로워지려고 노력한 많은 사람들은 그것을 비로소 넘어서면서 또 다른 인생을 개척하고 있음을 우리는 기억해야 합니다. 사회성이 지독히도 부족했던 괴짜이자 친구가 없는 외톨이라는 콤플렉스에서 자유로워지고자 했던 마크 쥬커버그는 페이스북을 만들어 세상에서 가장 많은 친구들을 만나면서 세상을 바꾸었습니다. 경제적인 부는 말할 것도 없지요. 우리나라 최초의 프리미어리거 박지성 선수 또한 축구 선수로는 치명적인 평발에 외소한 체격의 콤플렉스를 극복하고 최고의 선수로 성장했습니다. 모두가 자신과의 싸움에서 이긴 사람들입니다. 그러한 사례는 수도 없이 많습니다.

단지 외모 때문에 절망하거나 포기하는 어리석은 일는 이쯤에서

접어야하지 않을까요?

생각의 기준이 많은 변화를 가져옵니다.

노력도 하지 않고 막연히 내가 사회성이 없는 외톨이여서, 평발이어서, 못 생겨서라는 이런 핑계들은 콤플렉스가 아니라 자기 합리화를 위한 무의미한 위로에 지나지 않습니다. 이런 핑계와 절망으로 포기를 한다면 세상의 그 누구도 그대를 호응하지 않을 것이고 응원하지도 않을 것입니다. 아픈 것을 드러내면 치료하는 방법이 분명 있다고 했습니다. 육체의 약점은 부끄러운 것이 아니라 불편한 것일 뿐입니다. 그대가 노력하다면 그 치료방법은 너무나 많습니다.

그런 그대의 솔직한 고백은 많은 사람들의 자발적이고 진솔한 응원이 뒤따를 것입니다.

콤플렉스에서 자유로워지기 위해 스스로 노력한다면 분명 또 다른 세상이 그대를 기다릴 것입니다.

물려받은 가난이 부끄러운 것이 아니라 잠시 불편할 뿐인 것처럼 말입니다.

주어진 운명에 부끄러워하고 주저앉아 있다면 개척해 나아가야 할 그대의 운명은 대체 어디에서 그 온전한 주인을 찾을 수 있을까요?

큰 나무는 바람에 흔들리지 않습니다.

큰 바다는 작은 물길 하나도 거부하지 않습니다.

세상은 마음이 큰 사람, 작은 것에 연연하지 않는 사람들에 의해 움직입니다.

종류는 분명 다르지만 누구나가 콤플렉스는 있습니다. 그러나 분명한 것은 가지고 있는 콤플렉스로부터 자유로워 질 수도 있다는 것입니다.

그대의 콤플렉스로부터 자유로워진 당신을 기대합니다.

나에게 주는 위로

영화배우 엘리자베스 테일러의 이런 말을 신문에서 읽은 적이 있습니다.

"세월이 인내심을 길러준다는 사실은 참으로 경이로운 일입니다. 살아갈 날이 줄어들수록 더 오래 기다릴 수 있게 된다니 말입니다."

삶은 기다림의 연속입니다.

무엇이든 포기하는 순간에 모든 것이 물거품이 되고 맙니다. 더러는 전략적 후퇴라든가, 이보전진을 위한 일보후퇴를 말하기도 하지만, 그러나 그 말 속에는 포기하지 않고 끈기 있게 미래를 예측하는 노련함이 포함되어 있습니다.

마음을 비워 순백의 상태에서 새로운 출발을 준비하는 것과 포기하는 것에는 엄청난 차이가 있음을 직시해야 합니다.

몇 가지 떠오르는 고사성어가 있어 소개하고자 합니다. 다소 진부하더라도 경청할만한 가치가 있다고 생각합니다.

전화위복轉禍爲福과 새옹지마塞翁之馬, 그리고 우공이산愚公移山입니다.

전화위복과 새옹지마는 거의 같은 뜻을 내포하고 있습니다.

먼저 전화위복의 유래에 대해서 알아보고자 합니다.

중국의 진나라에 장의라는 장수가 있었습니다. 천하통일을 위해 고민하고 있던 그는 경쟁상대인 한나라를 정벌하기 위해 한 가지 꾀를 내었습니다. 두 나라의 군사력을 상세히 기록하여 비교를 하며 진나라에 복속服屬 하기를 협박하며 이렇게 말했다고 합니다.

"진나라에 복종하는 것이 당신들 나라의 화를 복으로 바꾸고 나라의 사직을 튼튼하게 보존할 수 있을 것이오."

새옹지마의 경우도 마찬가지입니다.

옛날 중국 북방의 요새要塞 근처에 점을 잘 치는 한 노옹老翁이 살고 있었습니다. 어느 날 이 노옹의 말이 그만 오랑캐 땅으로 달아나고 말았습니다. 마을 사람들이 이를 위로하자 노옹은 태연하게 대답했습니다. "누가 알겠습니까? 이 일이 내게 복이 될는지." 몇 달이 지난 어느 날, 그 말이 오랑캐의 준마駿馬를 데리고 돌아왔습니다. 마을 사람들이 이를 축하하자 노옹은 태연하게 대답했습니다. "누가 알겠습니까? 이 일이 화가 될는지." 말 타기를 좋아하는 노옹의 아들이 그 오랑캐의 준마를 타다가 그만 떨어져 다리가 부러지는 사고가 발생하고 말았습니다. 마을 사람들이 노옹을 위로하자 이번에도 역시 노옹은 태연하게 말했습니다. “누가 알겠습니까? 이 일이 복이 될는지.” 시간이 흘렀습니다. 오랑캐가 대거 마을로 침입해 오자 마을의 남자들은 분연히 일어나 맞서 싸웠습니다. 많은 사람들이 죽거나 다쳤습니다. 그러나 노옹의 아들은 장애인이었기 때문에 전장에 나갈 수가 없어 무사했다고 합니다.

좋은 일과 나쁜 일은 항상 같이 따라 다닙니다! 좋은 일이 많다 하여 자만해서도 안 될 것이며, 나쁜 일만 일어난다고 절망해서도 안 될 것입니다. 좋은 일이 많을 때 겸손하고 베풀 수 있는 여유를 부려야 후에 일어날 수 있는 나쁜 일들을 피할 수 있습니다.

나쁜 일은 한꺼번에 겹쳐 들어온다는 말이 있습니다. 당연히 힘들겠지요! 절망스럽겠지요! 그러나 많은 성공한 사람들을 보면 좋은 일들만 있어서 성공한 사람들은 단 한 사람도 없습니다! 크게, 대단히 성공한 사람들은 그만큼 더 힘든 나쁜 일들을 겪고 이겨낸 이력을 갖고 있다는 것을 기억하고 어려운 상황을 잘 이겨낼 수 있다는 자신감을 불태웠으면 합니다! 나쁜 일을 겪고 나면 그 다음엔 반듯이 좋은 일이 따라올 테니까요!

모든 일에 정성을 들이라는 어느 어르신의 말씀이 기억에 남습니다.

어떤 일이든 잘되기를 바라는 마음으로 정성을 드리고 내 자신을 믿으며 최선을 다하는 것, 남이 잘 되기를 바라고 잘 된 일에 축하해

줄 수 있는 마음이 되기를 노력한다면 내게 복으로 돌아올 것이라는 믿음을 새겨 보았으면 합니다.

일희일비(一喜一悲, 기쁨과 슬픔이 번갈아 일어남)는 사람의 가장 기본적인 정서입니다. 그러나 우리는 시간을 지배하고, 감정을 조정하고, 내일을 전망하는 지혜가 있습니다. 불평과 불만은 지금의 상황을 타개할 수 있는 하나의 동기가 되기도 합니다. 그러나 그 불평과 불만에 투덜거리며 남을 탓해서는 안 될 뿐만 아니라 그럴 만큼 여유 있는 시간이 우리에게는 없습니다. 무엇인가 그 상황을 타개할 수 있는 대안을 강구해야 합니다. 그것이 현명한 처사입니다. 불평불만에 절어 포기하거나 그만 둔다면 더 이상의 미래와 발전은 없을 것입니다.

그런 면에서 우공이산의 경우는 상징적입니다.

옛날 중국에 우공이라는 90세 노인이 살고 있었다고 합니다. 그의 집 앞뒤에는 두 개의 큰 산이 가로막혀 있어 사람들이 왕래하는데 이만저만 불편한 것이 아니었습니다. 어느 날 우공은 가족회의를 소집하여 집 근처의 산을 깎아 길을 내겠다고 선언을 했습니다. 그리고 바로 그 이튿날부터 세 아들과 손자를 데리고 작업을 시작했습니다. 돌을 깨고 흙을 파서 삼태기에 담아서는 멀리 있는 바다에까지 갖다 버리기 시작했습니다. 가족의 누구도 아버지의 명령이라 거부하지 못하고 묵묵히 일에 열중했습니다. 사람들은 죽을 날이 멀지 않는 노인이 헛된 망령에 들렸다고 비웃기도 했지만 노인은 개의치 않았습니다. 우공은 자신이 죽으면 후손들이 반드시 이 과업을 완수할 것이라며, 처음 세운 자신의 소신을 절대로 굽히지 않았습니다. 이런 모습을 지켜보던 그 산의 신선들이 우공의 집념에 탄복하면서 결국 산을 다른 곳으로 옮겨 놓았다고 합니다.

한 신문사 소속의 기자가 있었습니다. 그가 유람선을 타고 남양군도를 지나던 중 그만 배가 암초를 들이받아 침몰하고 말았다고 합니다. 많은 사람이 물에 빠져 죽고 말았지만 그는 구사일생으로 무인도에 도착하여 목숨을 구할 수가 있었습니다. 그러나 그야말로 무인도라 먹고 사는 방법이 막막했습니다.

그렇다고 그냥 죽을 수는 없었습니다. 온갖 모든 방법을 동원하여 잠잘 곳을 마련하고 먹을 것을 구해야 했습니다. 맨손으로 나무를 꺾고 잡풀들을 끌어 모아 간신히 바람과 추위를 피할 움막을 마련했습니다. 그리고 나무의 열매와 물고기를 잡아먹으며 하루하루를 연명하고 있었습니다.

시간이 지남에 따라 불의 필요성을 더욱 느끼게 되었습니다. 그는 자신이 알고 있는 모든 상식을 동원하여 불을 지피기 위해 노력했습니다. 나무와 나무를 문질러 그 열을 이용하거나 돌을 맞부딪치게 하여 불꽃을 만들기도 하는 등 갖은 방법을 동원하여 마침내 불을 피우는데 성공했습니다. 이후로 훨씬 지내기가 편해졌습니다.

그런데 그런 기쁨도 잠시, 바람을 타던 불길이 집으로 옮겨 붙어 애써 지은 집을 홀랑 태워버렸습니다. 그는 절망에 빠져 울부짖으며 소리 질렀습니다.

“아, 하느님, 정말 너무 하십니다. 어찌 이런 시련을 저에게 내리시는 겁니까?”

그런데 웬일입니까, 뱃고동 소리를 울리며 무인도 곁을 지나던 여객선이 무인도를 향해 달려오는 것이었습니다. 다가온 선원들의 말은 이랬습니다.

“무인도에서 연기가 치솟는 것을 보고는 사람이 조난당한 것으로 생각하고 이렇게 달려 왔다.”

우리는 살면서 잘 해보려 했던 일이 실패를 가져 올 수도 있고, 실수한 일, 실패했다고 생각 했던 일이 후에 큰 행운을 가져다주는 운수대통을 얻기도 합니다. 이렇듯 마음대로 뜻대로 되지 않는 일들도 무수히 많이 있습니다.

마음대로 되지 않는다고 포기하고 살아갈 수 또한 없습니다.

우리에게는 노력이라는 해결책이 있습니다.

일찍이 공자님도 이런 말씀을 하셨습니다.

知之者不如好之者, 好之者不如樂之者

'바보는 천재를 이기지 못하고, 천재는 노력하는 사람을 이기지 못하고, 노력하는 사람은 즐기는 사람을 따라갈 수 없다.'

기다리되 게으르지 말고, 불평과 불만을 할 수는 있지만 대안을 생각하고, 눈에 보이지 않는 것들마저도 우리 앞에 꺼내어 실체적인 것으로 만들 창의적인 도전이 우리에게는 늘 필요합니다. 그런 이유들 때문에 잠시의 상황에 일희일비하지 말고 꾸준하게 자신에게 도전해야 합니다. 끈질긴 사람에게는 귀신도 이기지 못한다고 합니다.

호시우보虎視牛步라는 말이 있습니다. 소처럼 천천히 꾸준하게 걷되 호랑이의 눈으로 관찰하라는 뜻이 내포되어 있습니다.

우리는 삶의, 살아야 하는 목적이 있기에 매사에 열심입니다. 그 목적지는 우리들의 행보와 노력에 달려 있습니다.

나를 위한 용서

돌아보면 참으로 잘 살았다는 자부심도 있지만, 그러나 그 자부심이 생기기까지 얼마나 많은 실수와 잘못이 있었을까요?

사람은 누구나 미지의 상태에서 출발을 해서 천천히 세상을 알아갑니다.

그렇게 조금씩 자신만의 인생을 완성해 갑니다.

또한 그렇기 때문에 당연히 주위의 도움이나 배려가 없이 혼자서는 그것을 완성해낼 수가 없습니다.

그 도움이나 배려를 당연한 것으로 생각하지는 않았는지, 나의 도전과 성공을 위해 무리하지는 않았는지, 그 과정에서 많은 잘못을 저지르지는 않았는지 걱정이 되기도 합니다.

그런 진솔한 관점에서 생각해 보면, 세상을 살면서 용서되지 못하는 것이 무엇이 있을까를 가끔씩 생각하게 됩니다.

지금까지 살아온 나의 삶, 인생의 전환점에 들어서면서 어리다고도 못하고 나이가 많다고도 말할 수 없는 기로에 도착하고 말았습니다.

그러나 나는 아직도 모든 면에서 많이 미숙하고 부족함 투성이임에도 불구하고 불행하게도 이제는 내 얼굴과 나의 말, 그리고 행동, 내가 지켜야할 현실과 미래를 온전히 책임져야할 나이가 되어 버렸습니다. 그러니 어찌 살아가는 것이 쉬운 일이라고 함부로 말할 수 있겠습니까? 아직 가지 않은 길이 저 앞에 저렇게 펼쳐져 있는데 말입니다.

두렵다는 생각과 불안함이 먼저 앞서는, 인생의, 삶의 전환점이 된 것 같습니다.

어렸을 때 나는 마음속의 불편함에서 오는 분노가 너무 많았던 것 같습니다. 물론 어린 아이의 직설적인 불만이었을 것입니다.

왜 우리 아빠는 돈이 없는 거야!

(돈 많은 능력 있는 아빠였으면 좋은 집에 살았을 텐데!)

우리 집에는 왜 냉장고가 없는 거야!

(한 지붕 아래 여러 집이 사는 중에서도 우리 집만 냉장고가 없어서 여름에 수박을 남의 집 냉장고에 맡겨두면서!)

엄마는 왜 우리를 놔두고 일하러 나가는 거야!

(엄마가 집을 비우는 것이 너무 싫은데!)

우리 집은 왜 보일러도 없고 나무를 때는 거야!

(다른 집은 연탄 아니면 보일러인데, 그래서 너무 편한데!)

우리 집 화장실을 왜 이렇게 지저분한 거야!

(여름에 구더기가 끓고 냄새가 너무 지독한 재래식 화장실!)

우리 집은 왜 수도도 없는 거야!

(펌프로 물을 품다보면 너무 힘이 들어!)

우리 집은 왜 세탁기도 없는 거야!

(한 겨울에 하는 손빨래는 정말이지 고통 그 이상이야!)

우리 집은 왜 이렇게 좁은 거야!

(좁은 방에서 다섯 식구가 살다니!)

그때는 몰랐습니다. 그 어려움 속에서도 우리를 감싸안고 키우시던 부모님의 노력과 인내와 고통을 말입니다. 당연히 감사함보다는 불만을 먼저 마음속에 담고 있었던 것 같습니다. 그런 고통이 오늘의 내가 있기까지의 정신적인 토양이 되었다는 것을 정말 몰랐습니다.

어른이 되어서도 또한 화를 마음에 많이 담고 살았습니다.

믿는 친구한테 배신당하기도 했습니다.

경제적으로 힘들어하는 지인과 돈거래로 인한 오해로 사람을 잃기도 했습니다.

주식에 투자를 하며 손해를 보았다고 분노하기도 했습니다.

안전한 투자라고 부추긴 사람을 미워하고 오해하며 서로 상처받았습니다.

나름대로 해명을 한다는 것이 도리어 여러 사람을 불편하게 만들고 관계를 소원하게 만들면서 깊어지는 상처와 더불어 미움의 끝에도 서 봤습니다.

그렇게 상처 받으며 그렇게 뉘우치며 그렇게 배우며 나이를 먹어가고 있었습니다. 그리고 이런 일들이 나 혼자만의 얘기는 아닐 것이라고 스스로 위로하며 살았습니다.

이런 글을 읽었습니다.

"서양 사람들은 아침에 '좋다good morning'로 시작해서 '좋다good night'로 하루를 마무리 한다.

그러나 우리나라 사람들은 '죽겠다'로 시작해서 '죽겠다'로 하루를 마무리 한다.

피곤해 죽겠다

배고파 죽겠다

기분 나빠 죽겠다

좋아 죽겠다

놀고 싶어 죽겠다

여행하고 싶어 죽겠다

힘들어 죽겠다 등등.

그리고 진짜 죽을 때는 '껄껄껄' 하고 죽는다고 한다. 열심히 살 껄, 잘할 껄, 착하게 살 껄, 웃으며 살 껄, 봉사하며 살 껄, 가족한테 더 잘할 껄, 친구들하고 더 잘 지낼 껄 등등."

조금은 썰렁하고 과장된 느낌이 없지는 않지만 우리의 정서적 특징을 정확하게 짚어낸 블랙 유머가 아닐 수 없습니다.

감사함으로 하루를 보내는 사람과 후회와 원망으로 하루를 보내는 사람의 하루는 어떻게 다를까요?

어떻게 하루를 시작해서 어떻게 하루를 보내고 어떻게 하루를 정리하는 것이 정답일까요?

마음에 분노가 많으면 즐거운 일도 감사할 일도 화에 묻혀 짜증나는 하루가 될 것입니다.

하루를 보내면서 열 가지 일이 있다고 하면 그중에서 다섯 가지는 좋은 일, 다섯 가지는 나쁜 일이 있을 수 있습니다. 어떤 사람은 다섯 가지 나쁜 일에 좋은 다섯 가지를 묻어 버리고 나쁜 다섯 가지만 기억하는 사람이 있고, 어떤 사람은 좋은 다섯 가지에 나쁜 다섯 가지를 묻어 좋은 다섯 가지만 기억하는 사람이 있습니다.

나쁜 다섯 가지만 기억하는 하루를 보내시겠습니까? 아님 좋은 다섯 가지만 기억하는 하루를 보내시겠습니까?

좋은 것만 기억하는 하루를 보내기 위해서는 용서할 줄 알아야 합니다.

용서하는 것이 절대 쉽지는 않습니다. 하지만 용서하는 것을 연습하다 보면 언젠가는 그것이 습관화가 될 것이라는 것이 저의 생각입니다.

어느 날 텔레비전에서 드라마와 같은 얘기가 방송되는 것을 보았습니다.

외동아들을 옥이야 금이야 귀하게 키운 부모의 사연입니다.

대학을 다니다 군대에 간 아들이 휴가를 나왔습니다. 엄마는 설레는 마음으로 귀한 아들이 좋아하는 음식을 장만해 놓고 기다립니다.

그때 울리는 전화 한 통화!

아들의 사망소식이었습니다. 차라리 악몽이길 바라면서 하염없이 흐르는 눈물을 닦으며 한걸음에 찾아간 곳, 아들이 싸늘하게 누워있는 영안실입니다. 휴가를 나오자마자 만난 친구들과 즐겁게 술 한 잔 하다가 생긴 말다툼이 싸움이 되어 사망에까지 이르게 된 것입니다.

이 어처구니없는 상황을 지켜보는 부모의 마음은 어떨까요? 순간의 실수로 친구를 죽음에까지 이르게 한 친구의 심정 또한 어떨까요?

결론은 이렇습니다. 아들을 죽음에 이르게 한 이 친구는 당연히 교도소에서 죄의 대가를 치르게 되었습니다. 그러나 이 친구는 부모님이 안 계신 불우한 환경에서 성장을 했고, 그러다 보니 가끔씩 자신을 통제하지 못하는 경향이 있었다고 합니다. 그러나 사고는 의도된 것이 절대 아니었다고 합니다. 자초지종을 알게 된 아들을 잃은 부모는 이 친구를 흔쾌히 용서하기로 했다고 합니다. 그리고 교도소로 면회도 다니면서 오히려 위로를 해주고 새 사람이 되기를 간절히 기도하고 있다는 이야기였습니다.

참 따뜻한 이야기입니다. 용서함으로 위안을 받고 그 용서로 인해 새로운 사람이 탄생한다는 것은 무엇보다 귀하고 아름다운 이야기입니다.

나라면 과연 이런 상황을 아무 대가없이 이렇게 용서할 수 있을까 곰곰이 생각해 봅니다.

그러나 이런 용서를 쉽게 할 수 있는 건 아무나 할 수 있는 것이 아니라는 것입니다. 하지만 분명한 것은 현실에서는 불가능한 일도 일어날 수 있다는 것입니다.

또한 그 가능성이 인생을 아름답게 할 수 있다는 것입니다.

이 세상에 불가능한 용서는 없습니다. 그것은 우리의 선택의 문제입니다.

더 나아가 그 용서하는 마음이 이제는 남을 위해서가 아닌 나를 위해서 하는 용서였으면 좋겠습니다.

누구를 미워하는 마음은 나를 병들게 합니다. 그 미워하는 마음으로 인해서 나만 더 힘들어짐을 기억하시기 바랍니다.

나에게 일어나는 많은 일들이 나 때문에 일어나고 그 일 때문에 분노가 생기고, 그 분노가 결국 다시 나를 힘들게 합니다. 나를 힘들게 하는 분노 또한 나 때문이라는 사실을 부인할 수 없듯이 나를 위해서 용서하는 습관을 가져보는 것이 어떨 까요!

마음의 분노를 버리면 미움도 욕심도 필요 없음이 되고, 용서도 힘들지 않게 됩니다.

그것은 결국 나를 위해서이니까요.

너무 평범해서 잊고 사는 진리

누구나 예외 없이 자신의 꿈을 실현하고 성공을 위해 오늘의 현실을 극복하려 많은 노력을 합니다. 한시도 그 꿈을 향한 노력을 포기하지 않습니다. 그래서 세상은 보이지 않는 힘에 의해 발전하는지도 모를 일입니다.

나는 성공의 기준을 꼭 '주관적인 판단'으로 제안하고 싶습니다.

우리가 흔히 생각하고 있는 객관적인 성공의 기준은 사회적으로 성공하고 존경받는 몇몇 사람들과, 돈이 많은 몇몇 사람들에 불과합니다. 하지만 나는 성공이란 주관적인 판단에 의해 나의 목표와 방향이 같은 곳을 가리키면 그 자체로도 성공했다고 말하고 싶고, 그런 사람들에게 힘차게 박수를 쳐주고 싶습니다. 성공의 기준은 오직 본인에게 달려 있습니다. 내가 세운 작은 계획이 이루어진 것도 진정으로 성공한 것입니다. 오늘의 목표, 한 해의 목표, 그러한 약속을 지킨 것조차도 아름다운 성공인 것입니다.

돈이 행복의 기준이 되지 않듯이 말입니다.

자신이 설정한 이상을 실현하기 위한 부단한 노력은 밤과 낮을 가리지 않고 지금도 여전히 진행 중이란 사실은 그만큼 세상의 가능성이 풍부하다는 이야기와 다름이 아닐 것입니다.

성공은 곧 진리입니다.

주관적인 판단으로 우리는 여러 번의 성공을 성취해 보았습니다. 크든 작든 내가 이룬 성공이 우연히 얻게 된 횡재가 아니고 진리를 기본 바탕으로 실천한 결과물인 것입니다.

성공이 곧 진리이고 진리가 바탕이 되어야 성공을 할 수 있는 것이라고 말하고 싶은데, 우리는 우리가 알고 있는 진리의 교훈들이 너무 흔해서 잊어버리고 살 때가 많습니다.

우연히 인터넷을 보다가 한 블로그를 보았습니다.

우리가 중학교나 고등학교에 다니면서 무수히도 보았던 그런 문구들, 교훈을 능가하는 그런 진리들이 미국 최고의 명문이라는 하버드 대학교의 도서관 입구의 현판에 새겨져 있다고 합니다. 그 교훈들을 읽어보며 다시 한 번 많은 것을 생각하게 되었습니다.

1. 지금 잠들면 꿈을 꿀 수는 있지만, 지금 당장 공부하면 꿈을 이룰 수 있다.

   (Sleep now, you will be dreaming, Study now, you will be achieving your dream.)

2. 내가 헛되이 보낸 오늘은, 어제 죽은 이가 그렇게 갈망하던 내일이다.

Today that you wasted is the tomorrow that a dying person wished to live.

3. 늦었다고 생각했을 때가 가장 빠른 때이다.

When you think you are slow, you are faster than ever.

4. 오늘에 할 일을 내일로 미루지 마라.

Don't postpone today's work to tomorrow.

5. 공부할 때의 고통은 잠깐이지만 공부하지 못한 고통은 평생 이어진다.

The pain of study is only for a moment, but the pain of not having studied is forever.

6. 공부는 시간이 부족한 것이 아니라 노력이 부족한 것이다.

In study, it's not the lack of time, but lack of effort.

7. 행복은 성적순이 아닐지 몰라도 성공은 성적으로 이루어진다.

Happiness is not proportional to the academic achievement, but sucess is.

8. 공부가 인생의 전부는 아니다. 그러나 인생의 전부가 아니라 하더라도 공부 하나도 정복하지 못한다면, 과연 무슨 일을 할 수 있겠는가.

Study is not everything in life, but if you are unable to conquer study that's only a part of life, what can you be able to achieve in life?

9. 피할 수 없다면, 그 고통을 즐겨라.

You might as well enjoy the pain that you can not avoid.

10. 남보다 조금 더 일찍 부지런히 노력해야 성공을 얻을 수 있다.

To taste success, you shall be earlier and more diligent.

11. 성공은 아무나 하는 것이 아니다. 성공은 철저한 자기 관리와 노력에서 비롯된다.

Success doesn't come to anyone, but it comes to he self-controlled and the hard-working.

12. 시간은 결코 멈추지 않는다.

The time never stops.

13. 졸다가 오늘 흘린 침은 내일에 가서는 실패의 흘러내리는 눈물이 된다.

Saliva you drooled today will be tears falling tomorrow.

14. 개처럼 공부해서 귀족처럼 놀자.

Study like a dog and play like a premier.

15. 최고를 추구하라. 최대한 노력하라. 그리고 최초를 위한 최대의 노력을 위해 기도하라.

Pursue the top. The maximum endeavor. And to the beginning for the effort of the maximum for a top intend.

16. 미래에 투자하는 사람은 지금의 현실에 충실한 사람이다.

A person who invest in tomorrow, is the person who is faithful to today.

17. 학문이 곧 돈 그 자체이다.

The academic clique is money itself.

18. 오늘 그냥 보낸 하루는 내일 결코 돌아오지 않는다.

Today never returns again tomorrow.

19. 지금 바로 이 순간에도 경쟁자들의 책장은 넘어가고 있다.

At this moment, your enemies books keep flipping.

20. 고통이 없으면 얻는 것도 없다.

No pains, No gains.

21. (반드시 이뤄야 할) 꿈이 바로 앞에 있는데 그대는 왜 팔을 뻗지 않는가?

Dream is just in front of you. Why not stretch your arm.

22. 지금 눈이 감긴다면, 미래를 향한 눈도 저절로 감긴다.

If you close your eyes to the present, the eyes for the future close as well.

23. 졸지 말고, 그냥 자라.

Sleep instead of dozing.

24. 공부에 투자한 시간은 절대적으로 비례한다.
Academic achievement is directly proportional to the absolute amount of time invested.

25. 가장 찬란한 업적은 우리가 자고 있을 때 이뤄진다.
Most great achievements happen while others are sleeping.

26. 지금 아무런 생각도 없이 보내는 이 시간이 시험을 코앞에 둔 시점에서는 얼마나 절실하게 느껴지겠는가?
Just before the examination, how desperate would you feel the time you are wasting now.

27. 불가능이라는 것은 노력하지 않는 자의 궁색한 변명이다.
Impossibility is the excuse made by the untried.

28. 노력의 대가는 이유 없이 사라지지 않는다. 오늘 걷지 않으면 내일은 뛰어야 한다.

The payoff of efforts never disappear without redemption. If you don't walk today, you have to run tomorrow.

29. 지금 한 시간 더 공부에 집중하면 남편의(아내의) 얼굴이 바뀔 수도 있다.

One more hour of study, you will have a better husband.

30. 건강을 잃으면 모든 것을 잃는다.

To lose your health is to lose all of yourself.

진리라는 것은 누가 새로 지어내는 것이 아니라는 사실, 너무도 평범하고 일반적인 것인데도 불구하고, 문제는 행동으로 이어지는가, 그리고 그것의 지속적인 실천을 하고 있는지가 문제라는 사실이었습니다.

모든 사람들이 귀에 못이 박히도록 보았고 알았던 사실, 그러나 행동으로 귀결되지 않았던 사실, 말은 쉬우나 행동이 어려운 평범한 사실이 그 도서관의 입구에 걸려 있어서, 거기를 드나드는 많은 사람들이 그것을 보면서 하루의 실천이 헛되지 않기를 스스로에게 채찍질을 했을 것입니다.

진부하고 재미가 없는 것, 그것이 진실이고, 진실을 떠난 허황된 현실은 이미 존재하지 않는다는 사실, 알고 보면 너무나 무섭습니다. 그래서 현실은 늘 진행형이고, 그 흐름을 따라가지 못하는 사람은 자연스럽게 도태가 되는 것입니다.

이것이 오늘 하루를 잠시라고 낭비할 수 없는 이유입니다.

우리는 압니다.

이런 마음가짐이라면 누구나 성공할 수 있다는 사실, 그렇지만 그렇게 당연한 공식 앞에서 너무나 무력한 우리 자신을 목격한다면 참으로 슬픈 일이겠지요.

내가 가면 길이 되고, 내가 어쩌면 진리가 되고, 전설이 될지도 모를 일입니다.

현실의 혹독함을 이기기 위해서라도 우리는 큰 꿈을 가질 필요가 있습니다.

하버드는 왜 그런 현판을 입구에 걸었을까요?

위의 내용들은 너무 평범하고 우리가 잘 알고 있는 내용들이지만 많은 것을 깨닫게 하는 진리이고 실천해야할 목표이고 작은 성취와 성공을 위해서 가슴에 새겨야할 내용들이기 때문이라고 생각합니다.

지금 우리의 잠깐의 불편함이 진리를 실천하는 과정이 될 수도 있다는 것을 기억하고자 합니다.

실패도 즐거운 사람

한 과학자가 있었습니다.

그에게 꿈에 대해 묻자 이렇게 말했습니다.

"한국의 청년들은 꿈에 대해서 오해를 하고 있다고 생각한다. 학생들에게 꿈에 대해 물으면 '내 꿈은 변호사, 의사' 이런 식이다. 그러나 꿈과 직업은 다른 개념이다."

어릴 때의 꿈에 대해 묻자 이렇게 말했습니다.

"어릴 때 영화 '스타워즈'를 보고 로봇에 빠졌다. 나는 꿈을 찾았다기보다는 꿈을 만들어가는 과정에 있었다. 나는 친구들과 같은 장난감을 가지고 싶지 않았다. 오히려 고장이 나서 버려진 것이 더 좋았다. 탱크의 바퀴와 로봇의 몸통을 합쳐 오직 나만의 장난감을 만들었다."

비교적 젊은 나이에 꿈을 이룬 원동력을 묻자 이렇게 말했습니다.

"사람들은 나의 성공만 본다. 그러나 성공한 사람들이 얼마나 많은 실패를 했는지는 보지 않는다. 한국사회는 실패하면 다시 일어서기 어렵다는 분위기가 많이 작용하고 있다. 그러나 정해진 길로만 가서는 자신의 꿈을 이루기 어렵다."

그는 자기의 직업 말고도 세 개의 꿈이 더 있다고 말했습니다.

그것은 요리사와 마술사와 놀이기구 디자이너라고 말했습니다.

생각만 해도 즐거운 꿈이며 나아가서 현실에서 만약 이루어진다면 참 즐거운 직업이 되기도 할 것입니다.

늘 즐거움이 있는 직업은 모든 사람들의 꿈입니다.

그래서 그는 고통마저도 즐겁게 받아들여야 하는 것이 아닌가 되묻는 듯 생각이 듭니다.

그는 덧붙였습니다.

"멋대로 할 수 있었으면 좋겠다. 그러나 방종을 말하는 것은 아니다. 자기의 방식대로 창의적인 꿈을 가져야 한다."

누군들 단박에 성공을 꿈꾸지 않겠습니까마는 그런 일은 마치 낙타가 바늘귀를 통과하는 것과 마찬가지일 것입니다.

무한경쟁에서의 결과에서 최후의 승리자는 그 숫자가 많지 않습니다.

그러나 자기가 맡은 바에 충실하게 사는 무수한 많은 사람들이 최후의 승리자임을 많은 사람들이 놓치고 있습니다.

아울러 무수한 시행착오와 오류, 실패, 후회, 절망은 내 문제가 아니라고 애써 외면하기도 합니다.

그러나 그러한 일은 우리가 일상적으로 통과해야 할 의례이기도 합니다.

아무리 뛰어난 천재도 그렇게 하지는 못하니까요.

열정을 갖고 자신이 잘 할 수 있는 일을 가장 재미있게 하는 것, 그것이 성공하는 삶이라고 그는 진지하게 지적합니다.

그는 열정을 깃든 창조적인 꿈이 성공의 열쇄라고 말했습니다.

'꿈이 없다', '실패가 두렵다'고 늘 생각하는 우리에게 그는 과정의 중요함을 정성스럽게 강조합니다.

실패도 반드시 거쳐야하는 성공의 과정이니까요.

그리고 진정한 성공은 남의 성공을 따라하거나 개인적인 성취에만 머무는 것이 아니라는 사실을 그는 몸으로 보여주었습니다.

그의 꿈은 잠시도 멈추지 않을 것입니다.

그의 꿈은 더 나은 내일, 더불어서 더욱 행복한 내일을 향해 언제나 시선이 그곳에 머물 것이기 때문입니다.

그는 세계 최초로 시각장애인용 자동차를 개발했고, 손이 없는 사람들에게 실용적인 가격으로 편안하게 사용할 수 있는 의수義手를 만들었고, 미국 최초의 휴머노이드(인간의 신체와 비슷한 형태를 지닌 로봇)로 인정받는 로봇을 만든 미국 버지니아 공대의 데니스 홍 교수입니다.

(이 글의 인터뷰 일부는 조선일보 김충령 기자의 기사를 일부분 발췌, 인용하였습니다.)

내일이 없다면 오늘 당신은 무엇을 하고 싶을까요?

스티브 잡스의 연설문을 정리한 책을 읽다가 유독 마음을 울리는 한부분이 있었습니다.

매일 하루하루를 마지막인 것처럼 최선을 다 하면서 반성하고 변화를 추구할 수 있도록 자신의 숙제를 충실히 완성했던 그의 살아있을 적에 모습에 존경을 표합니다.

그리고 그 존경은 영원히 변하지 않을 것입니다.

"17살 때 이런 경구를 읽은 적이 있습니다.

'매일을 인생의 마지막 날처럼 산다면 언젠가는 아주 바른 길에 서 있을 것이다.'

이 글에 감명을 받은 저는 그 이후로 지난 33년간 매일 아침 거울을 보면서 제 자신에게 묻곤 했습니다.

'오늘이 내 인생의 마지막 날이라면 지금 하려고 하는 일을 계속할 것인가?'

며칠 연속 'No'라는 대답을 얻을 때마다 나는 변화가 필요하다는 걸 알게 되었습니다."

'오늘이 바로 내 인생의 마지막 날이라면 무엇을 하고 싶으신가요?' 라는 질문을 받는다면 어떨까요?

솔직히 내 자신도 자신 있게 무슨 대답을 할 수 있으리라 생각하지 않습니다.

왜일까요? 열심히 일하고 공부하며 잘 살고 있다고 스스로 생각은 하지만 오늘보다 나은 내일을 위한 변화의 계획과 구체적인 행동을 수반하지 않았기 때문입니다. 작은 성취에 도취되어 조금은 안일하게 시간을 허비하고 자기 자신에의 과신으로 교만하기도 했기 때문입니다. 변화는 도전이며 도전은 성공이라는 공식에만 얽매일 줄 알았지 직접적으로 그 변화에 대한 시도를 구체화 시키지 못 했기 때문입니다.

변화의 갈망은 아무리 작은 것일지라도 소중한 동기이자 자산입니다.

어느 날 카카오스토리에 지인이 올린 한 이벤트가 관심을 끌었습니다.

"당신은 오늘이 인생의 마지막 날이라면 무엇을 하시겠습니까?"

그리고 지인은 가장 의미 있고 멋있는 대답에 장미꽃다발을 상품으로 걸어놓았습니다. 그리고 본인은 '저는 오늘만은 쉴 것입니다' 라는 대답을 함께 올렸습니다.

많은 것을 생각하게 하는 질문이자 이벤트였습니다.

많은 댓글들이 올라왔습니다. 대부분의 많은 사람들이 사랑하는 가족과, 친구와, 보고 싶은 사람과 더불어 감사하고, 용서하고, 사랑하는 마음을 전하고 싶다고 했습니다.

그 중 가장 내 인상에 남는 댓글은 이런 내용이었습니다.

"오늘 조금은 슬프지만, 나에게 편지쓰기. 나에게 수고했다 위로하기.

감사거리 적기. 하늘, 구름, 빗님, 꽃님, 풀님, 바람님, 같이 기뻐해 주고, 축복해 주고, 사랑해 주고, 슬퍼해주고, 위로해주던 아름다운 사람들 1명씩 써 내려가며 추억 더하기.

힘들게 했던 사람들 용서하기.

감사합니다, 사랑합니다, 축복합니다, 좋아합니다, 기뻤습니다, 당신 때문에 행복했습니다.

이 말을 전하며 마지막 하루를 보내겠다!"

많은 사람들이 이런 자기만의 방식으로, 마음으로 마지막 날을 보내겠다는 내용과 아름답게 마지막 하루를 마무리 하겠다는 댓글들이 올라왔습니다.

사람들의 마음이 대부분 비슷하다는 것은 그만큼 순수하게 세상을 살고 있는 사람이 많다는 증거라는 생각에 마음이 따뜻해졌습니다.

오늘이 내 인생의 마지막 날이라면….

나는 이렇게 마무리 하고 싶습니다.

그동안 내가 알고 지내던 지인들을 모두 불러 소주 한 잔 대접하며 웃고 떠들며 같이 시간을 보내고 싶습니다. 그동안 못 나누었던 진심을, 받기만 했던 미안함과 감사함을 이렇게라도 전하고 싶은 마음이 가득하기 때문입니다.

사랑과 우정과 진심을 담은 아름다운 술 한 잔도 괜찮지 않을까요! 그 술 한 잔에 모든 것을 담아 깨끗하게 정리하고 싶은 마음 또한 없지가 않습니다.

이벤트에 동참했던 여러 사람들의 댓글을 읽어보며 그 주인공이 어떤 사람인지, 무슨 일을 하는지는 몰라도 댓글에 그들의 삶이 어렴풋이나마 느껴지기도 했습니다.

오늘만은 쉬고 싶다는 이벤트의 주인공은 아마 너무 바쁘게 살아서 휴식이 필요한 것 같고, 위의 댓글의 주인공은 굉장히 순수하고 착하게 살지 않았을까 충분히 짐작이 됩니다.

항상 오늘이 내 인생의 마지막 날이라 생각하며 최선을 다하며 산다는 스티브잡스처럼 우리는 오늘이 어떤 날이라고 생각하고 하루를 보내고 있는가요?

오늘은 어떤 일이 있을까라는 설레임으로 하루를 시작했는가요?

내가 계획한 하루를 살았나요?

내가 오늘 하루 원하던 일이 이루어졌나요?

오늘 하루 시간이 부족하지는 않았나요?

잠들기 전 나의 하루를 돌아볼 때 대체로 만족하였나요?

나는 새벽 5시에 울리는 알람소리에 깨어 피곤한 몸을 간신히 일으켜 세웁니다. 여행을 가는 날도 아니므로 당연히 설레임 같은 것이 있을 리가 없습니다. 다이어리에는 오늘 하루 내가 해야 할 계획과 약속들은 시간별로, 종류별로 정리가 되어 있습니다.

그러나 정리만 되어 있을 뿐 계획한 대로 일의 처리가 되지는 않는 법입니다. 계획한 대로 일의 처리가 되지 않았는데 원하던 일이 이루어질리가 없습니다. 마음이 바빠집니다.

아무리 일찍 하루를 시작하고 점심을 굶어가며 일을 해봐도 나의 능력 부족으로 인해 나의 하루는 항상 짧기만 합니다. 만족이란 단어를 감히 쓸 수 없는 불편한 나의 하루를 다시 생각하고 싶지 않아 밤에는 그대로 잠을 청합니다. 이러한 시행착오를 나는 수없이 겪었습니다. 물론 지금도 겪고 있습니다.

그대의 하루는 어떤가요?

만약 오늘이 인생의 그 마지막 날이었다면 어떻게 보냈을까요?

아마도 자신의 최고의 관심과 정성과 노력으로 최후의 순간까지 최선을 다하며 시간을 보냈을 것입니다. 마지막 날이니까!

아니면 이벤트의 제안자인 나의 지인처럼 마음을 비우고 하루를 쉴 수도 있을 것입니다.

선택은 여러분의 몫입니다. 그리고 그 마지막 날은 우리의 상상으로 일어나는 일이고 당장은 일어나지는 않을 것입니다. 물론 아무도 모릅니다. 어떤 일이 일어날지는 아무도 예측할 수가 없기 때문입니다. 다만 지구의, 삶의 영속성이 개인의 삶의 영속성을 온전하게 보장하는 것은 절대 아닙니다. 그러므로 늘 마지막인 것처럼 살려는 의지가 필요하다는 점을 강조하는 것입니다.

어느 사형수의 이야기입니다.

28년을 살아온 그 사형수에게 사형이 집행되기 전에 5분의 시간이 주어졌습니다. 마지막으로 주어진 최후의 5분은 비록 짧았지만 너무나도 소중한 시간이었습니다.

마지막 5분을 어떻게 쓸까? 그 사형수는 고민 끝에 이런 결정을 내렸습니다.

나를 알고 있는 모든 이들에게 작별의 기도를 하는데 2분, 오늘까지의 삶을 살게 해준 하나님께 감사하고 곁에 있는 다른 사형수들에게 한마디씩 작별인사를 나누는데 2분, 나머지 1분은 눈에 보이는 자연의 아름다움과 지금 최후의 순간까지 서 있게 해준 땅에 감사하기로 마음을 먹었습니다.

흐르는 눈물을 삼키면서 가족들과 친구들을 잠깐 생각하며 작별 인사와 기도를 하는데 벌써 2분이 지나가 버렸습니다. 그리고 자신에 대하여 돌이켜 보려는 순간이었습니다.

“아, 이제 3분 후면 내 인생도 끝이구나!”

이런 생각이 들자 눈앞이 캄캄해지는 것이었습니다. 지나가 버린 28년이란 세월을 금쪽처럼 아껴 쓰지 못한 것이 정말로 후회가 되었습니다.

“아, 다시 한 번 인생을 살 수 있다면….”

그렇게 회한의 눈물을 흘리는 중에 긴급명령이 내려왔다는 소식이 들렸습니다. 그에게 기적적으로 사형집행 중지명령이 내려와 간신히 목숨을 건지게 되었습니다. 구사일생으로 풀려난 그는 그 후로 사형집행 직전에 주어졌던 그 5분간의 시간을 생각하며 평생을 시간의 소중함을 생각하며 열심히 살았다고 합니다. 마치 내일이 없는 사람처럼 말입니다.

그 결과 〈죄와 벌〉, 〈카라마조프의 형제들〉, 〈영원한 만남〉 등의 수많은 불후의 명작을 발표하여 톨스토이에 비견되는 세계적 문호가 되었습니다.

그 사형수가 바로 ‘토스토예프스키’입니다.

오늘이 우리 인생의 마지막 날이 아닌 것은 분명합니다. 그러나 오늘 하루가 마지막 날인 것처럼 최선을 다 한다면 얼마나 많은 변화가 있을까요!

그대는 어떤 변화를 원하시나요?

그 원하는 변화를 위해서 오늘 하루 최선을 다하는 것이 먼저가 아닐까요!

절망의 끝에서 다시 생각함

일본의 한 바닷가의 풍광이 좋은 언덕에서는 해마다 자살하는 사람이 많아 당국의 관계자들이 골머리를 앓았다고 합니다.

그런 소문이 알려지면서 오히려 바닷가의 풍광이 좋은 언덕은 해마다 자살하는 사람의 수가 늘어 갔으며 마음먹고 극단적인 선택을 하려는 사람들을 막기에는 별로 뾰족한 방법이 없었습니다.

'사람들이 생각하는 세상의 끝은 과연 어디일까?' 라는 질문에 아무도 거기에 대한 명확한 대답을 내놓지 못했기에 많은 사람들이 궁극적으로 그런 것에 대한 호기심을 갖는 것 같습니다.

미래의 불확실성과 불분명함 때문에 극단적인 선택을 하고 많은 사람들이 이승과의 인연을 내려놓은 이곳을 그들은 마지막 결정지로 선택하지 않았을까라는 생각을 해봅니다.

자기 삶의 포기라는 것은 어떤 면에서 보면 참으로 편안한 상태를 가리키는 말이기도 합니다. 앞으로 해야 하고 일어날 일들을 고민하지 않고 책임지지 않아도 되니까 말입니다.

그들은 지금 너무나 힘이 들고 상황이 어렵기 때문에 혼자서는 도무지 탈출구를 찾을 수 없고, 희망의 불빛이 하나도 보이지 않으니까 더욱 극단적인 생각의 끝에 와있는 것입니다.

즉, 이 복잡하고 힘든 세상과의 인연을 끊어버린다면 모든 것이 편하고 행복해질 것 같은 극단적인 생각을 누구나 한번쯤은 합니다. 그러나 이런 생각이 한번쯤으로 끝나는 것이 아니고 일주일, 열흘, 한 달이 지속되면 이미 나는 나도 모르게 극단적인 행동을 하려는 계획을 세우게 되고, 우선적으로 주변을 하나하나 정리하게 됩니다. 마지막을 향해 달려가고 있는 것입니다.

친했던, 고마웠던 사람들에게 전화를 하기도 하고, 가지고 있던 소중한 물건을 선물하기도 하고, 추억이 있던 장소를 찾아 가보기도 하는 등의 정리를 하며 준비를 하는 것입니다.

종종 '자살 사이트'에서 만나 동반 자살을 했다는 뉴스가 보도되기도 합니다. 이들은 왜 같이 극단적인 행동을 할까요?

바닷가의 풍광이 좋은 언덕이라는 같은 장소에서 자살하는 사람들이 늘어가는 것과 같은 생각이라고 판단이 됩니다. 먼저 누군가가 나와 똑같은 마음으로 이 자리에 섰고, 이 자리에서 마지막을 정리하면서 느낀 두려움과 무서운 마음, 외로움이 조금이나마 위로받음을 느끼는 것입니다. 누군지는 모르지만 막연한 동료의식, 부채감을 던다는 느낌, 그 극단적인 선택을 한 사람들에 의해 동질감의 위로를 느꼈으리라 생각합니다.

동반자살을 하는 사람들의 마음도 같으리라 생각합니다. 혼자서 극단적인 행동을 하기에는 두렵고 무섭기 때문에 그 외로움을 매개로 해서 동반자가 있다는 나름의 위로가 용기로 변질이 되어 쉽게 극단적인 행동으로 뛰어드는 것입니다.

자살하려는 사람들은 철저히 외로운 사람들입니다.

모든 것을 포기하기까지 너무나 외로웠을 것입니다.

이 세상에 오로지 혼자뿐이라는 생각을 했을 것입니다.

그리고는 친구와 함께 웃으며 지나가는 사람들, 가족과 식사하는 사람들, 열심히 일하는 사람들을 보며 부럽다는 생각을 했을 것입니다. 저 사람들은 외롭지 않아 보인다! 그러나 나는 외롭다! 이런 오로지 죽기 위한 핑계를 만들면서 그렇게 생각했을 것입니다.

일본의 그 바닷가 풍광이 좋은 언덕에서의 자살을 줄일 수는 없을까?

여러 가지 궁리를 한 끝에 한 사람의 아이디어로 다음과 같은 팻말을 설치했는데, 거기에는 이렇게 씌어있다고 합니다.

"그대의 하드 드라이브는 다 지우고 왔는가?"

이 유쾌한 반박과 단순한 질책!

그 이후로는 자살률이 현저하게 저하되었다고 합니다. 그렇습니다! 책임을 회피한다고 모두가 용서가 되는 것은 아닙니다. 살아서 죄짓지 않은 사람이 죽어서 죄를 짓는 형국입니다.

끝까지 용서받지 못할 사람으로 남는다는 건 아무래도 손해를 보는 장사가 아닐까요?

프로이트는 말했습니다.

"자살은 어떤 대상에 대한 적의를 자기 자신에게 돌리는 행위, 즉 일종의 전이된 살인이다."

연구 결과에 의하면 실제 자살자의 15%만이 우울증이 있다고 합니다. 자살의 위험이 큰 사람들도 그 상태가 단기간에 걸쳐 지속될 뿐, 누군가의 도움만 있으면 반드시 그 위험에서 빠져나올 수 있습니다. 이 사실은 매우 중요합니다.

자살로 가족, 친지 등 가까운 사람들을 잃은 사람들을 '자살생존자'라는 말로 표현을 합니다. 나는 이것이 지구상의 가장 슬픈 언어 중의 하나라고 생각합니다. 이 말은 실존의 비극을 뜻하는 냉혹한 단어이고, 손을 내밀 사람이 없어 선택한 극단적 행동은 혼자가 아닌 주위 여러 사람들을 슬픔으로 빠뜨리는 경솔한 행동임을 잊지 않았으면 합니다.

우리나라의 투신자살 1위라는 마포대교에 생명의 다리로 대화하고 교감할 수 있는 인터렉티브interactive 형 스토리텔링 다리가 생겼습니다. 즉 투신하고 싶은 충동이 생겨 다리에 섰을 때, '혹시, 지금 보고 싶은 사람 있어요? 그냥 머릿속에 툭 떠오르는 사람. 친구도 좋고, 가족도 좋고, 그 사람의 얼굴을 떠올려보세요. 눈, 코, 입, 웃음소리, 잘 기억이 나나요? 생각만 하지 말고 한번 보고 오는 건 어때요? 지금 가서 한번만 다시 보고 와요', 이와 같은 대화가 흘러나옵니다. 지금의 판단이 옳은 지 한 번 다시 생각하게 만들어 주는 것입니다. '자살하면 안되요'가 아닙니다. '당신은 외롭지 않아요. 혼자가 아니예요!'라고 위로해 주는 겁니다.

벼랑 끝에 서서 뛰어 내리기 전에는 누구나 많은 갈등을 하게 됩니다. 짧았건 길었건 상관없이 자신의 일생이 스쳐지나가고, 사랑했던 사람들의 얼굴이 주마등처럼 지나갑니다. 순간적으로 죽고 싶다는 감정보다는 살고 싶다는 감정이 더 깊이 밀려듭니다. 이때, 누군가 손만 내밀어주면, 살아야할 이유가 있다고 얘기라도 해주면 뛰어내리지 않을 텐데, 누구도 모른 척 합니다. 이렇게 정말 짧은 시간에 너무나도 큰 일이 일어납니다. 경험해본 사람은 이 상황이 얼마나 두렵고 외롭고 아픈지 알고 있습니다!

우리의 따뜻한 말 한마디, 위로 한마디와 관심이 나와 가까운 누군가를 살릴 수도 있다는 것을 기억해 주었으면 합니다.

우리는 오래 시간 작은 것을 이루기 위해 소중한 삶을 차근차근 보듬어가는 것이 나름대로의 진중한 의미가 있다고 믿으며 열심히 살고 있습니다. 이것이 살아야할 이유가 되었으면 좋겠습니다.

세상은 길 위에 굴러다니는 돌멩이 하나, 이름 모를 풀과 꽃들이 들판의 대부분입니다.

내일이 없는 것처럼 사랑하라고 누군가는 말합니다.

나는 그 말을 바꾸고 싶습니다.

내일을 위해 오늘을 사랑하라고 말하고 싶습니다.

지속적이지 않으면 삶은 의미가 없습니다. 내일이 없는 사랑을 왜 추구합니까? 내일이 없는 것처럼 사랑하라는 그 말뜻에 포함된 순수하고 절박하고 집약된 감정의 가치를 모르는 것은 아닙니다. 그러나 감성적이되 이성적인 논리가 배경에 깔린 지속적인 사랑만이 우리가 기억이라고 하는 장치를 통해 조금이라도 더 아름다울 수 있기 때문입니다.

우리는 태어나면서부터 극단주의자도 유미주의자도 아니었습니다. 우리는 태초에 평화로웠고 아름다웠고 순수한 존재였다고 생각합니다.

하드 드라이브는 절대 지우지 못합니다. 절대 지울 수 없는 하드 드라이브에 어떤 이미지를 저장하시겠습니까?

사람은 죽은 뒤에 비로소 평등하게 되는 것은 아닙니다. 이 세상에 있을 때부터 이 '고통'에 의해 평등하게 되어 있습니다. 돈 있는 사람이 언제나 고통이 없다면 가난한 사람은 하늘에 대하여 크게 원망할 것입니다. 가난한 이에게는 돈 있는 이가 모르는 고통이 있듯이, 돈 있는 이에게도 가난한 이가 모르는 고통이 있습니다. 톨스토이는 다음과 같이 고백한 적이 있습니다.

"나의 아내는 성품이 좋고 미인이다. 아이들은 모두 착하고 재주가 있다. 재산은 풍부하여 저절로 늘어가고, 나 자신은 뛰어난 재능과 건강한 신체를 가졌으며, 많은 존경과 칭송을 받고 명성을 천하에 떨쳤다."

이만한 행복의 조건을 갖춘 사람도 드물 것입니다. 그러나 그는 그냥 그렇게 살고 싶은 생각이 없었다고 합니다. 늘 자살하고 싶은 충동을 고심참담(故心慘憺-몹시 애를 태우며 근심 걱정을 함)하게 참으면서 억제하지 않으면 안 되었다고 합니다. 아그네스 고왈츠의 〈자살에 대한 명언〉에 나온 말입니다.

우리가 사는 동안 있는 사람들이든 없는 사람들이든, 배우든 못 배웠든, 건강하든 그렇지 못하든지 모두가 힘든 삶을 영위합니다. 고통이 있으며 한번쯤은 벼랑 끝을 생각하게 됩니다.

뛰어내릴 용기로 벼랑 끝에 서지 말고 뛰어 내릴 용기로 자신을,

과거를, 실수를, 실패를 되돌아보고 다시 시작할 수 있는 용기로 죽을 만큼 노력하면 그 댓가는 반듯이 돌아온다는 것을 기억하시기 바랍니다.

세 번째 에피소드

하고 싶을 때 하라
할 수 있을 때 하라
하자고 할 때 해라
할 수 있으면 해라

성실한 과정은 아름다운 성공을 약속합니다. 그래서 미친다는 표현을 사용한 것입니다.
미치도록 하고 싶은 일이 여러분에게는 있나요? 목표를 향한 순수한 열정,
그것이 바로 미치는 것입니다.

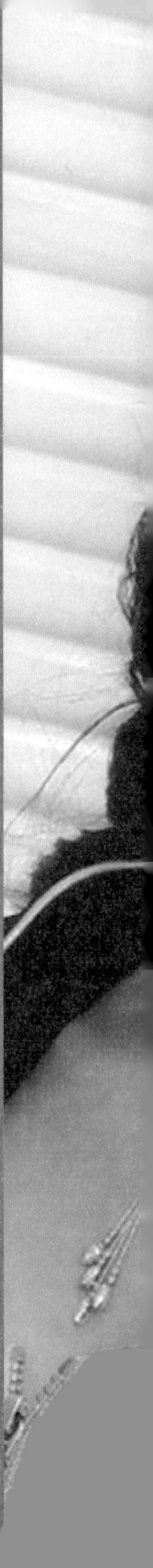

지치면 지는 것이고 미치면 이기는 것이다

어떤 모임에 가서 고등학생이 된 아이들에게 한 마디 해주라는 사회자의 부탁을 받고 얼떨결에 불려나가 한 말이 있습니다.

부랴부랴 메모를 하고서 두서없이 말을 하고 내려왔는데, 그렇게 부끄러울 수가 없었습니다. 집으로 돌아오는 길에 그 메모를 물끄러미 내려다보는데, 차라리 그 말은 나에게 하는 당부이기도 했습니다.

약간 수정하여 옮겨 봅니다.

여러분!

우리 인류의 역사는 참으로 오래, 그리고 긴 세월 동안 진행이 되어 왔습니다.

그러나 그 어느 시기 어느 한순간도 사람들은 누구나 자기가 맡은 바 각자의 일에 충실하면서 치열하게 살았습니다. 그리하여 역사는 그 사람들의 보이지는 않지만, 그 자발적인 참여와 더불어 몇몇 뜻있는 사람들의 선한 의지에 의해 발전을 거듭하며 오늘에까지 이르게 된 것입니다.

그런 오랜 세월이 지금 우리 앞에서 또 미래로 향하여 흘러가고 있습니다.

그야말로 지금의 우리는 과거와 미래를 연결하는 소중한 역할을 수행하고 있는 것입니다. 그러므로 여러분 한 사람 한 사람의 의미는 참으로 소중한 존재가 아닐 수 없습니다.

그런 뜻에서 나는 이런 말을 하고 싶습니다.

"지치면 지는 것이고 미치면 이기는 것이다."

각자의 사람들이 도중에 지쳐 쓰러졌다면 역사와 인류의 발전이 면면히 그 세월을 이어오지 못했겠지요. 그러나 수많은 고난을 인내와 용기로 이겨내면서 이룩한 것이 오늘의 영광입니다. 결론은 간단합니다. 우리는 어떠한 조건과 환경에서도 지치지 않고 꾸준하게 오직 나아가야 합니다.

이상한 표현일지는 모르지만 미치면 이긴다는 말에는, 자기가 맡은 일에 충실하고 성실하게 매진하다 보면 자연스럽게 그 분야의 경지에 이른다는 말이며, 그런 경지는 각 분야의 전문가나 학자, 기술

자, 예술가로 거듭나게 하는 것입니다. 그만큼의 집중과 노력의 결과라고 감히 확신 합니다

결국 미치면 이긴다는 말은 지치지 않고 꾸준하게 자기의 길을 걸어가고, 그 걸음에 집중하다보면 자연스럽게 성공이 뒤따른다는 표현이라는 말이지요. 더욱 중요한 것은 성공의 결과가 아니라 그 성공에 도달하기 위한 과정입니다. 마음의 정열을 다하여 성실하게 오늘을 사랑하는 마음으로 도전을 한다면 그 결과가 조금은 미흡하더라도, 그 사람은 더 나은 내일을 위해 노력할 수 있는 마음가짐이 충분하게 준비가 되어 있으므로, 성공 달성의 시간이 조금 늦더라도 누구보다 더 좋은 결실을 맺을 수 있을 것입니다.

성실한 과정은 아름다운 성공을 약속합니다. 그래서 미친다는 표현을 사용한 것입니다.

미치도록 하고 싶은 일이 여러분에게는 있나요? 목표를 향한 순수한 열정, 그것이 바로 미치는 것입니다.

드러나는 말의 뜻에만 집착하지 마세요, 여러분!

동경憧憬이라는 말이 그렇게 좋을 수가 없었습니다.

누구나 시간이 지나면 어른이 되는 법이지만, 그냥 어른이 되는 법은 없었습니다. 그래서 어른이 되어 갈수록 돈을 벌려고 노력하고, 사회적 명예를 추구하고, 사회적인 위치의 확보를 위해 동분서주하

는 지도 모를 일입니다. 당연히 지치고 피곤할 것입니다. 그래서 아무런 조건도 없고 경쟁도 없고 마냥 웃고 떠드는 그런 시절이 그리워지는 것은 너무도 당연한 일일 것입니다. 물론 그때라고 나름의 고민이 없었던 것은 아니었겠지요.

지나온 모든 것은 그 그리움 때문에 아름답고 소중한 것이지요.

해가 저물어도 갈 길은 가야 합니다.

나그네는 길에서 잠시 쉬기는 하지만 멈추지는 않습니다. 당장의 안락을 위해 지금의 임무를 팽개치지는 않습니다.

우리의 인생은 잠깐 쉬는 것도 허용하지 않고, 내가 쉬는 동안에도 멈추지 않고 어딘가로 흘러가고 있습니다.

우리는 지금도 무언가를 이루기 위해서 치열하게 싸우고 있습니다. 그리고 앞으로도 끊임없이 싸울 것입니다. 그 싸움이 헛되지 않도록 한 번 미쳐보는 것도 의미 있는 도전이 될 것 같습니다.

지치면 포기하게 되고 포기하면 결국 아무 것도 이룰 수 없습니다.

지치지 않는 삶을 살았으면 좋겠습니다!

지치지 않기 위해서 내가 하는 모든 일의, 모든 행동의 주인공이 내가 되어야 할 것이고, 내가 주인공인 무대에서는 열심보다는 즐기는 주인공이 되어야 지치지 않는 슈퍼맨이 되지 않을까요!

똑 같은 시간을 살아도

우리에게 주어진 하루라는 스물네 시간은 이 세상 모든 사람들에게 똑같이 공평하게 주어진 신의 선물입니다.

그대는 그렇게 주어진 시간을 어떻게 보내고 있습니까? 무작위로 공짜로 주어진 시간이라고 마냥 낭비하고 있지만은 않겠지요?

시간의 중요성에 대해서는 예전이나 지금이나 강조하고 있고, 누구나가 알고 있는 사실입니다. 이 글에서 또한 시간의 중요성에 대해 잠깐 이야기하고 넘어 가고자 합니다.

시간은 참으로 소중한 것입니다. 젊은 사람들일수록 아직 많은 시간이 남아있다고 생각하는 경향이 심한 것 같습니다. 그러나 시간이 소중하다는 그런 사실을 깨닫기 시작한다면 최소한 그대는 시간을 낭비한 사람이기 쉽습니다. 벌써 후회의 입구에 들어섰다는 증거이기 때문입니다.

지나가버린 시간은 절대 다시 돌아오지 않습니다. 무한대로 주어지는 공기와 같아서 사람들은 이 시간이 얼마나 소중한지를 망각하고 살고 있습니다. 나 또한 이런 무책임한 자세로 많은 시간을 보냈고 지금도 보내고 있는지도 모릅니다.

아무 노력도 없이 무의미하게 시간을 보내면서 그저 오늘이 빨리 지나갔으면 하는 사람, 올해가 빨리 지나갔으면 막연히 바라는 사람, 도무지 생각과 행동으로 연결되는 계획도 없이 빨리 스무 살이 되었으면 하는 사람, 그렇게 하루하루를 낭비하고 있지는 않습니까?

우리는 똑같은 공간에서 똑같은 시간을 살고 있는데도 불구하고 살아가는데 있어 그 방법과 수준, 삶의 방식과 내용에서 너무나도 확연한 차이를 보이는 사람들의 경우를 많이 볼 수가 있습니다.

무엇 때문일까요?

시간을 어떻게 활용했느냐의 문제일까요? 물론 그렇습니다.

자기에게 주어진 시간을 얼마나 효과적으로 활용했느냐에 따라 그 사람의 모습은 극과 극의 차이로 변할 수 있습니다.

처음 시작했을 때의 간격은 별로 넓어 보이지 않지만 시간이 지날수록 그 간격은 극명한 차이를 보입니다. 하늘과 땅의 차이만큼 벌어질 수도 있습니다.

시간의 효용성은 갈수록 극대화되고, 갈수록 심화가 됩니다. 시간의 가치가 무서운 것은 바로 이런 이유 때문입니다. 당장이라도 그대는 그대의 시간에 대해 철저한 관리가 필요한 사람입니다. 이런 사실은 세상의 모든 사람들에게 해당되는 진리이자 철칙입니다. 약간의 방심이나 느슨한 관리는 자신의 재산을 길에다 그냥 내다버리는 어리석은 행위입니다.

나는 이것을 시간의 정복이라고 말하고 싶습니다.

어떤 사람은 시간에 지배당하며 살기도 하고, 어떤 사람은 시간을 정복하며 살기도 합니다. 그대는 어떻게 살고 있습니까?

시간을 좀 더 효율적으로 누리며 살고 있는 사람, 즉 시간을 중요하게 생각하며 살고 있는 사람들의 논리를 말하는 것으로 '빨리 출발한 사람이 종착역에 빨리 도착한다'라는 이치로 표현 하고자 합니다.

결국 시간을 정복하며 사는 사람이 그렇지 않은 사람보다 더 많은 것을 성취할 수 있다는 논리로 발전하는 것입니다.

나는 시간을 정복하는 나름의 방법을 이렇게 정리하고자 합니다.

1. 도전은 시작에서 출발한다. 시작한 사람만이 도착할 종점이 있다.
2. 과거가 없는 현재는 없다.
   또한 현재가 있는 미래만이 나를 만든다.
3. 죽을 만큼 해봐라! 죽을 만큼 힘들어도, 그래도 죽지는 않는다.
   그리고 원하는 결과는 고스란히 남는다.
4. (시간과 싸워가며) 죽을 만큼 하면 결국 이루어진다.
5. (최선과 최고의 노력을 경주하는)시간이 지속된다면 모든 것이

해결된다.

6. 오늘 하지 않으면 또 다른 기회는 주어지지 않는다.
   또 다른 기회가 주어진다 해도 그 때는 할 수가 없다.
7. 결국 지금 하지 않으면 영원히 할 수 없다.
8. 순간을 소중하게 사용할 줄 아는 사람이 지름길도 안다.
9. 시작한 퍼즐은 순간순간 완성해야 한다. 미루지 마라! 그래야만 자신의 그림을 볼 수가 있다.
10. 나의 부족한 점은 남이 더 잘 안다. 인정하자(이것은 사람과 시간에 겸손한 것이다).

주말 저녁에 어떤 친구는 나이트클럽에서 친구들과 어울리고, 어떤 친구는 도서실에서 공부를 하고, 어떤 친구는 자신만의 취미생활을 하고 있습니다. 이 세 친구 모두 즐겁고 보람되게 하루를 보내고 있다고 생각하고 그 친구들의 선택에 대해 간섭할 수도 없습니다. 그 누구도 그 세 친구들에게 잘못된 하루 혹은 잘 된 하루를 보내고 있다고 말할 수 없습니다.

다만 확고한 계획을 가지고 하루를 사는 것이 조금 더 많은 것을 누릴 수 있는 자격이 된다는 저의 멘토의 말을 간절하게 전하고 싶습니다.

우리는 살아가면서 누구나가 자신만의 분명한 계획과 신념이 있습니다. 그러나 중요한 것은 앞에서 언급한 것처럼 확고한 신념은 조금 더 많은 것을 누릴 수 있는 자격을 가지게 합니다. 우리가 알고 있는 성공한 분들의 조건에는 자기만의 확고한 신념이 있었다는 것을 부인할 사람은 아무도 없을 것입니다.

제가 알고 지내는 몇 사람의 지인에게 자신의 신념에 대해 질문을 해보았습니다. 그 중에서도 온라인쇼핑몰 '다나와'의 손윤환 대표님의 글이 참 인상적이었습니다.

평이한 말씀 중에서도 꿋꿋하게 드러나는 신념에의 확신은 그 평온함으로 인해 더더욱 가슴에 와 닿았습니다. 잠시 옮깁니다.

신념은 무엇이 옳다거나 어떻게 될 것이라고 믿는 생각이다. 나에게는 오래 전부터 내 마음에 깃들어 있는 신념이 몇 가지 있다.

첫째, 구체적인 목표를 가지고 노력하면 좋은 결과를 만들 수 있다는 것이다. 주위를 둘러보면 무진 애를 쓰며 부지런히 사는 사람들이 많이 있다. 그러나 그들이 다 원하는 바를 얻으며 살지는 못한다. 노력의 바탕에는 구체적인 목표가 있어야 한다.

가령, 어떤 사회생활 초년생이 조금 욕심을 내어 중형차를 가지고 싶다고 가정해 보자. 어떤 차의 값이 얼마이므로, 내가 월급에서 얼마씩 모아 계약금으로 내고 나머지는 금융 할부로 해서 얼마씩 갚으면 된다고 생각할지 모른다. 아마 1년 반쯤 뒤에는 실행에 옮길 수 있을 것이다. 과연 그대로 이 사람은 계획을 실행에 옮길 수 있을까? 그래서 원하는 차를 손에 넣고 나머지 내지 못한 돈을 무리 없이 갚아 나갈 수 있을까?

아마도 아닐 것이다. 그것은 그냥 희망을 조금 길게 적은 것에 지나지 않는다. 본인이 살아가면서 고려해야 하는 나머지 일들에 대하여 거의 배려하지 않은 것이다. 과연 중형차가 본인에게 어울리고 감당할 만한 차인지, 그 차의 보험료나 연료비 등 유지비에 대한 것은 계산에 넣었는지, 월급에서 얼마씩 모을 것인지, 모으는 돈은 어떻게 적립할 것인지-적금을 들 것인지, 그냥 월급 통장에 남겨둘 것인지, 적립한 돈이 갑자기 필요할 때 대체할 곳은 있는지, 가족에게 들어갈 돈은 없는지, 다른 취미생활과의 조화는 맞출 것인지, 결혼 준비에 대한 계획은 없는지, 동료나 친구의 경조금 등의 예비비의 여유는 있는지 등등, 본인의 수입과 지출 내역을 적어 보며 세밀하게 계획을 세워야 할 것이다. 그렇게 마련된 계획을 구체적인 목표라고 한다. 구체적인 목표라고 해도 예상하지 못한 일이 벌어질 가능성이 있기 때문에 반드시 달성할 수 있다는 보장 또한 없다. 그러나 단순히 느낌이나 기분으로 애매한 희망을 목표라고 알고 애만 매우 쓰는 사람보다는 훨씬 성공 가능성이 높다. 허황된 목표인지의 여부도 구체적으로 계획을 적어가다 보면 스스로 알게 된다.

나는 지금껏 살아오면서 가능한 한 희망을 구체화된 목표로 만들려고 노력했다. 목표 달성 계획을 구체적으로 세우다보면 장애물이 너무 많이 나타나서 갑자기 짜증이 나고 한편으로 마음이 슬퍼지면서 의욕을 잃어버릴 때도 있었다. 그러나 어쩌랴, 인생길은 막걸리 한잔 마시고 발길 닿는 대로 떠도는 나그네길이 아닌 것을. 내 인생에 확실한 구조물을 설치하며 뚜렷한 족적을 남기고 싶다면 무엇을 하든 구체적인 목표를 세우고 그대로 살아가도록 노력해야 한다.

둘째, 내가 인류가 우러러 보는 성인이 될 것이 아니라면, 자기 인생의 만족도, 즉 자기만족을 지키며 살아야 한다는 것이다. 삶의 목적은 행복이라는 말을 수없이 들어 왔다. 그 행복의 정체는 무엇이며 행복의 주체는 누구인가? 즉, 어떤 모양의 행복을 말하는 것이며 누가 그 행복을 즐기기를 원하는 것인가? 두 가지가 있다고 나는 생각한다. 지극히 개인적인 것과 사회와 인류를 위한 보편적인 행복이 그것이다. 그것은 내가 느끼는 행복일 수도 있고, 내가 배려하는 다른 사람이나 다른 집단의 행복일 수도 있다. 행복의 정체는 뚜렷하지 않고, 그 주체도 다양하다.

그러나 적어도 이것만은 분명해 보인다. 그런 행복을 위해 나 자신이 계속 노력하거나 기도하고, 어떤 일을 지속할 수 있는 바탕에는, 나 자신의 삶에 대한 만족감이 있어야 한다는 것이다. 내 삶에 만족을 느끼지 못하는 것의 수준이 평범하지 않으면 불행일 수 있고, 불행의 시간이 계속되면 내가 추구하는 행복으로 나아가는 원동력을 잃어버리기 쉽다. 즉, 행복이라는 건너편 자리로 나아가는 현재의 자리에는 자기만족이라는 또 다른 숙제가 있는 것이다.

자기만족이 없는 사람이 행복해질 수 있는가? 나는 현재 불행할지라도 나하고 상관없는 이것만 이루어진다면 행복해질 것이라고 말을 하는 경우를 생각해 보아도, '이것만 이루어진다면' 이라는 조건에 자기만족이 녹아들어가 있는 것을 볼 수 있다. 이타적이거나 이기적인 행복에 자기만족은 필요조건이 되는 것이다. 내 인생을 지탱해 주는 최소한의 원동력, 그것이 바로 나의 자기만족이라는 신념이 나에게는 있다.

조금 더 구체적으로 말하자면, 너무 지나친 희생이나 양보와 손해는 피하라는 것이다. 희생과 양보, 적당한 손해는 다른 사람들과의 관계를 원만하게 만들거나 거리를 없애주는 윤활유나 촉진제가 될 수 있다. 그러나 자기만족을 희생하고 손해 보는 수준으로 양보하지는 말라는 것이다. 부정적인 의미로 하는 말이 아님을 유념하기 바란다. 나든 다른 사람이든 행복한 삶에 들기를 바라며 사는 일에 지속적으로 참여하고 역할을 담당할 수 있기 위한 원동력을 가지라는 의미인 것이다.

셋째, 긍정적인 마음가짐과 자세가 인생에 큰 힘을 준다는 것이다. 나 역시 어려운 시간을 지나오며 지금까지 살면서 그다지 불편함이 없는 경제적인 여유를 가지게 되었다. 대학 등록금과 책값을 걱정하며 밤잠을 못 이루던 시절도 있었고, 때로는 도시의 한가운데에서 어디로 가야 할지 가늠하지 못하며 혼자 눈물을 흘리며 서 있던 때도 있었다. 앞서 이야기한 대로 내가 세운 목표와 방향으로 나아가지 못하고 예상하지 못한 커다란 장애물에 가로막혀 낙담해서 주저앉은 채 사는 게 참으로 힘들다며 포기할까 생각하던 때도 있었다.

그러나 나는 그때마다 내가 종교를 통하여 믿는 신의 목소리를 들었다. 그 목소리는 내가 힘들어할 때마다 늘 내게 이렇게 말했다. "용기를 내어라. 기도하고 다시 앞으로 나아가라, 내가 도와 줄 것이다." 종교의 힘이었는지, 나에게 또 다른 기회가 한번은 더 있을 것이란 믿음 때문이었는지 나는 늘 이렇게 생각했다. 그래, 이것은 내가 다시 앞으로 달려 나아가기 위한 움츠림이야, 이 덤불을 빠져나가려면 지금 내가 계속 움직여야 해. 저기 푸른 풀밭이 있을 거야, 라고 속으로 수없이 되뇌며 그 자리가 끝이라는 생각을 지우는데 주력하였다.

상황이 개선될 수 있다는 희망을 갖는 마음, 그것이 긍정의 마음이다. 사람은 음식을 먹지 않고서 20일 정도를 살 수 있고, 물을 마시지 않고서는 3일 정도를 살 수 있으며, 숨을 쉬지 않고서도 5분은 살 수 있지만, 희망을 잃고서는 1분도 살기 힘들다고 한다. 사람들이 모두 늘 희망을 마음속에 담고 저 앞의 푸른 풀밭에 나아가서 편히 쉴 수 있는 시간이 온다는 긍정적인 마음을 가지고 살았으면 좋겠다. 부정적인 마음은 계속 부정적인 사고를 불러일으키고, 일이 안 되는 이유와 갖가지 장애물을 쉽게 이야기한다. 긍정적인 마음은 장애물을 피할 방법을 찾아주거나 적어도 시도해볼 용기를 주며, 성공 뒤의 성취에 대한 기대감을 떠올려준다. 부정적인 마음으로 힘들게 살 것인지, 긍정적인 마음으로 보이지 않는 지원군을 얻을 것이지는 모두 우리의 마음자세에 달려 있다. 긍정의 마음은 보이지 않는 신의 응원이다.

만 번을 말하고 만 번을 연습하고 만 번을 실행하면 뜻한 바가 이루어지고 전문가가 되며 세상을 바꿀 수 있다는 '만 번의 법칙'이 있습니다.

나는 살아가면서 모든 일에 만 번까지는 아니라도, 단 열 번이라도 다시 생각하고, 열 번을 더 고민하고, 열 번을 더 신중하자는 또 하나의 신념을 가지고 있습니다.

공부든 일이든 만남이든 모든 일에는 '때' 가 있다고 합니다. 그 중요한 '때'를 우리는 너무 쉽게 흘려보내고 있지는 않은지 다시 한 번 생각해 볼 수 있는 기회가 되었으면 좋겠습니다.

하고 싶을 때 하라.
할 수 있을 때 하라.
하자고 할 때 해라.
할 수 있으면 해라.

너무 단순하지만 행동을 전제로 한 실천적 명제를 나는 나에게 제시하고 신념으로 삼고 살고 있습니다.

'평안 감사도 저 싫으면 그만이다'라는 우리나라 속담이 있듯이 나의 미래를 걸고 어떤 일을 추진할 때, 가장 중요한 것은 내가 정말 하고 싶은 것, 할 수 있는 것, 기회의 제공과 할 수 있는 능력이 있을 때 열 번을 다시 생각하고, 열 번을 더 고민하고, 열 번을 더 신중할 수 있다면, 세상의 전부는 아니더라도 최소한 내 인생은 바꿀 수 있으리라 생각합니다.

대만 출신의 영화감독 허우샤오센은 이런 말을 했습니다.

"생각하는 것은 강물 위에 글을 쓰는 것이고, 행동하는 것은 바위에 글을 새기는 것과 같다."

즉, 생각만 하는 것은 열 번이든 백 번이든 상관없지만 이미 말 한 것과 행동한 것은 다시 주워담을 수도 바꿀 수도 없다는 것을 우리는 너무도 잘 알고 있습니다.

생각 없는 행동이 우리를 함정으로 빠뜨릴 수 있음을 기억했으면 좋겠습니다. 똑같은 시간을 살아도 똑같은 인생을 살 수 없다는 것 또한 중요한 현실입니다. 그러나 똑같은 시간을 어떻게 보내느냐에 따라서 원하는 인생을 살 수 있는 특권이 주워짐도 기억하시기 바랍니다.

신뢰와 사랑은 인생의 가장 탁월한 무기

영국의 전설적인 탐험가인 어니스트 섀클턴은 20세기를 대표하는 탐험가 중의 한 사람입니다. 섀클턴은 1914년 인듀어런스 호를 타고 남극탐사를 하던 중 빙하에 갇혀 대원 27명과 634일 동안이나 사투를 벌이면서 전원 무사 귀환한 기적을 이루어낸 인물로 잘 알려져 있습니다.

3년 여에 걸친 남극탐사 때 섀클턴은 남극점을 바로 160Km를 남겨두고 기상악화 때문에 할 수 없이 베이스캠프로 철수를 할 수밖에 없는 상황에 봉착하게 되었습니다. 캠프로 돌아오는 과정은 추위와 배고픔과의 처절한 사투였습니다. 누구 하나랄 것 없이 배고프지 않은 사람이 없었습니다. 섀클턴은 간식으로 허기를 달래기 위해 배낭을 뒤적이다가 몇 조각의 비스킷을 찾아냈습니다. 그리고 문득 뒤를 돌아다보았습니다. 굶주림에 지친 대원들의 얼굴들이 선연하게 눈에 들어왔습니다. 어쩔 수 없는 인간적 연민에 잠긴 섀클턴은 곧장 결심을 했습니다. 가장 어리다고 생각되는 대원인 프랭크 와일드에게 그 비스킷을 내밀었습니다.

그러나 프랭크는 아직 견딜만하다며 그 비스킷을 사양했습니다. 섀클턴은 그 비스킷을 말없이 프랭크의 주머니에 집어넣었습니다. 그러나 프랭크는 그 비스킷을 먹지 않고 견디며 무사히 귀환했습니다. 비스킷과 함께였습니다. 그는 그날의 기억을 이렇게 회상했습니다.

"선장님이 건네 준 그 비스킷은 돈으로 환산할 수 없는 가치를 지닌 것이다. 그 어떤 많은 돈을 준다고 해도 나는 이 비스킷을 양보하지 않을 것이다. 나는 그 비스킷 속에 담긴 그의 희생정신과 양보와 사랑을 죽을 때까지 잊지 못할 것이다."

비록 한 조각의 비스킷에 지나지 않는 것이지만 그것을 통해 얻어지는 인간에 대한 신뢰와 사랑의 증표로서 그것은 정말로 돈으로 살 수 없는 것이었습니다.

어니스트 섀클턴의 리더십 또한 우리가 기억해야 할 한부분인 것 같습니다.

어니스트 섀클턴이 남극 탐사를 하기 위해 대원을 뽑은 방식에 대한 일화가 있습니다.

그는 면접 질문에서 탐험 경력이나 과학 지식 따위는 전혀 묻지 않고 느닷없이 이렇게 물었다고 합니다.

"노래를 부를 수 있습니까?"

질문을 받은 상대는 당혹스러움에 어쩔 줄을 몰라 했습니다. 그는 재차 이렇게 물었다고 합니다.

"카루소처럼 노래를 잘 불러야 한다는 뜻은 아니오. 다른 대원들과 함께 마구 소리를 지를 수는 있겠지요?"

섀클턴이 원했던 건 화려한 경력의 이력서가 아니라 마음의 자세였던 것입니다. 이처럼 그는 모두를 위한 리더십에 관심을 쏟았습니다. 대원들은 그의 말이 '명령'이어서라기보다는 합리적이라고 생각했기 때문에 그에게 복종했고, 그는 늘 공정함의 리더십을 발휘했습니다.

'리더는 태어나는 것이 아니라 개발되어지는 것이다. 지위와 관계없이 누구나 리더가 될 수 있다'는 격언처럼 리더는 타고난 성품이나 말솜씨가 아닌 노력에 의해 개발되어지는 스스로의 능력인 것입니다.

지금도 누군가는 리더가 되기 위해서 많은 시간을 투자하고 노력하고 있을 것입니다. 아울러 그 경쟁자는 궁극에는 나 자신일지도 모릅니다.

나중에야 안 이야기지만 어떤 경매장에서 그 비스킷이 1,250파운드, 우리 돈으로 약 230만 원의 가격으로 거래가 되었다는 소식을 듣고는 깜작 놀랐습니다. 돈으로 환산할 수는 없지만 굳이 환산하자면 비스킷 가격으로는 너무나 엄청난 가격입니다. 그리고 그 비스킷의 유통기한은 지나도 너무 지나버렸습니다. 이런 것을 역사적 가치, 상징의 가치라고 해야 하나요?

그러나 중요한 것은 그 비스킷을 지금 먹을 수는 없지만 영혼의 양식으로서 우리에게 끊임없이 무엇인가를 각성하게 한다는 것, 바로 그것입니다.

인듀어런스의 뜻이 '인내'라는 것도 상징하는 바가 큽니다.

섀클턴의 비스킷 한 조각의 의미는 과연 무엇일까요?

사람들은 이 사건을 두고 〈섀클턴 리더십〉이란 표현을 써서 그 중요성을 알리려 했습니다. 더 나아가서는 〈서바이벌 리더십〉이란 표현을 쓰며 신뢰의 문제에 있어 하나의 상징으로 자리를 잡게 했습니다. 살벌한 생존경쟁의 전쟁에서 살아남으려면 신뢰는 정말 중요합니다. 목숨이 담보되는 것은 굳이 전쟁터가 아니더라도 현실에서 오히려 더욱 냉정한 법입니다.

신뢰는 살아서도 가치 있는 것이지만 그 중요성과 소중함은 시대를 넘어 우리를 긴장하게 하고 분발하게 합니다. 호랑이는 죽어 가죽을 남기고 사람은 죽어 이름을 남긴다지만, 이름 이전의 그 인간적인 그 무엇을 위해 우리의 행동에 대해 고민하지 않을 수가 없습니다.

당장 우리 옆에 있는 사람들을 둘러보세요!

모두가 소중한 사람들입니다.

'나와 인연이 닿은 것에 대해 감사합니다!' 이런 표현을 누군가에게 할 수 있다는 것이 리더십의 시작점이고 설사 이렇게 말을 못한다 하더라도 그런 마음을 가져보는 것이 당장 우리에게 필요한 일일 것입니다.

"저와 이 책에 인연이 되어 주셔서 정말 감사합니다!"

젊었을 때 그렇게 열심히 했더라면

요즘 부족한 공부를 하겠다는 목표를 가지고 도서실을 다니고 있습니다.

물론 일 주일을 나누어 사무실에 출근도 해야 하고, 꼭 해야 하는 업무는 하루에 미팅을 잡아서 처리하고, 개인적인 일은 모두 포기했고, 그 나머지 시간을 활용하여 도서관에 와서 책을 보고, 또한 나의 글을 쓰고 있습니다.

어릴 적에는 도서관에 가서 줄을 서 있다가 종이로 된 열람실 좌석을 순서대로 배정받아 입실했는데, 요즘 도서관은 열람실 좌석 발권과 퇴실까지 모두 컴퓨터로 처리하고 있었습니다. 물론 원하는 자리를 발권 받으려면 일찍 와서 줄을 서야 합니다.

오늘 아침도 일찍 와서 줄을 서 있었습니다. 그때 많은 젊은 친구들 틈에 줄을 서서 기다리시던 연세가 좀 있어 보이는 아저씨가 정적을 깨고 한 말씀 하셨습니다.

"젊었을 때 이렇게 열심히 했으면 얼마나 좋았겠나!"

굉장히 많은 의미가 담겨져 있는 말씀이셨습니다.

나는 그 할아버지가 무슨 공부를 하고 계실까 굉장히 궁금해졌습니다. 열람실을 발권 받고 할아버지를 찾아 잠깐 커피를 한잔 대접하고 싶다고 말씀을 드리고는 시간을 허락받았습니다.

그 분은 이미 환갑이 지나셨고 전기 산업기사 시험공부를 하고 계셨습니다.

필기는 합격했고 실기만 남으셨는데 시험이 많이 어려우시다고 말씀을 하시면서, 내가 젊었을 때 이렇게 열심히 했더라면 지금 이렇게 힘들지 않아도 되는데 후회가 된다고 말씀하셨습니다.

마지막으로 하시는 말씀은 이랬습니다.

“나이가 먹어도 무엇이든지 할 수는 있다. 안 해서 못하는 것이지 못해서 안 하는 것은 아닌 것 같다.”

당신의 목표가 시험에 합격하는 것이고, 당신은 꼭 합격할 자신이 있다고 말씀하시면서, 젊었을 때 무엇이든지 열심히 하라는 조언도 해주셨습니다.

나는 배우는 것에 대한 호기심이 많아 동기가 생기는 대로 배우는 것을 좋아는 하는데, 문제는 한 우물을 오래, 그리고 깊이 파지는 않는다는 것입니다. 앞으로 내 스스로 풀어가야 하고 해결해야 할 중요한 문제 중 한가지입니다.

레크레이션 지도자, 웃음치료사, 성폭력 상담사, 심리학, 가정폭력 상담사, 예절지도사, 한자 지도사, 사설정보관리사(사설탐정사), 인구 강사, 한식조리사, 피부관리사, 메이크업, 수지침, 핸드 마사지, 응급처치 표준과정, 심폐소생과정, 애니어그램, 디스크, 스트레스 강사 교육 등 기회가 되는 대로 열심히 배우러 다녔습니다. 이렇게 나는 나름대로 스스로 열심히 노력하며 살았다고 생각했는데, 할아버지의 말씀을 듣는 순간 또 하나의 생각이 머리를 스치고 지나갔습니다.

과연 내가 환갑이 되었을 때도 지금과 같은 생각으로 '나는 젊었을 때 열심히 살았어!'라고 자신 있게 말할 수 있을까?

자신이 없었습니다.

과거가 없는 현재는 있을 수 없지만 과거보다는 현재가 중요하고 현재를 통해서 미래를 만들 수 있기 때문에 결국은 지금 내가 어떻게 사느냐의 현재가 가장 중요한 문제인 것 같습니다.

내가 상업고등학교에 다닐 때에는 주산, 부기, 타자의 자격증을 취득해야지만 학교 성적에 가산점이 붙어 성적이 올라갈 수 있는 상황이었습니다. 물론 학원을 다니면서 열심히 해서 고등학교 2학년 때 자격증을 모두 취득하고 잘난 척을 하고 다녔지만, 지금 이 자격증들이 무슨 쓸모가 있는가요? 이력서의 한 줄도 채울 수 없는 종이 조각이 되어 버렸습니다.

쓸모없게 될 자격증을 취득한 것에 대한 후회가 아닙니다. 과거에 집착하지 말고 자만하지 말자는 얘기를 하고 싶습니다. 그리고 그 자격증은 그 시절 내가 열심히 했다는 어린 날의 나의 훈장과 같기에 그 가치만으로 평가할 수도 따질 수도 없는 무엇인가가 있습니다.

할아버지의 과거 또한 화려하셨습니다. 외국에 가셔서 일도 하셨고 자격증도 여러 개를 가지고 계셨습니다. 그리고 지금 또 다른 자격증을 취득하시려고 도전하고 계신 것입니다.

할아버지의 '내가 젊었을 때 이렇게 열심히 했더라면!'이란 말씀은 그 자리에 있던 젊은 친구들한테 열심히 하라는 격려의 한마디였던 것입니다.

과거보다는 현재가 중요합니다.

과거에 잘 나가던 회사 사장님이 부도가 나서 생활이 어려워지게 되었습니다. 마음을 잡지 못하고 매일 술로 세월을 보내는데 술만 드시면 '내가 과거에는 이런 사람이었어!' 라는 말을 습관처럼 하며 주사를 부립니다. 현재를 인정하기보다는 아직도 과거의 모습에 빠져 자신을 지속적으로 망가뜨리고 있는 것입니다.

많이 배우고, 잘 나가던 과거의 모습에 집착하지 말아야 합니다.

과거의 열심히 배웠던, 열심히 일했던 열정만 현재로 가져와 현재를 과거보다 더 열정적으로 살면 되는 것입니다. 우리가 아무리 어리다 하더라도 과거는 누구에게나 있습니다. 생각이 얕은 사람일수록 과거집착형의 형태를 띱니다. 그것은 현실에 자신이 없기 때문입니다. 그리고 그것의 대부분은 과장입니다.

나의 과거에 대해 자만하지 말아야 합니다. 시간이 흘러 주산, 부기, 타자의 자격증이 무의미해지듯 과거는 현재에 묻혀 아무 의미가 없어질 수도 있습니다. 과거에 자만하지 말고 나의 미래를 만들기 위해서 과거의 열정과 현재의 열정으로 미래를 위해 지금 나를 만들어야 합니다. 무엇이든 좋습니다. 지금 시간을 헛되이 보내고 있는 것보다는 후회하지 않을 테니까요!

과거의 열정이 지금의 나를 만들었고 현재의 열정이 미래의 나를 만들 것입니다.

길에서 얻을 수 있는 이익

습관적으로 나는 시간이 날 때마다 이것저것을 마구잡이로 읽고 괜히 바쁜 척 움직입니다.

무언가를 하고 있지 않으면 도태된다는 불안감을 떨쳐버릴 수 없기 때문에 쓸데없는 짓이라도 하면서 열심히 하루를 보냈다고 스스로 위로를 하는 것입니다.

내 생각에 무엇을 한다는 것은 생각을 하고 있다는 것이고, 생각을 하므로 해서 크던 작던 무엇이든 성취라는 이익이 남는다는 것입니다.

우리는 한마디의 짧은 글에서도 많은 것을 얻고, 감동하고, 배우는 경우가 많습니다.

우연한 곳에서 얻어 읽은 몇 글자, 길을 가다가 주은 몇 마디, 술자리에서의 건배사가 나의 명제가 되기도 합니다.

굳이 정형화된 형식의 글이 아니더라도 지식의 흔적은 도처에 널려 있습니다. 그런 것에 관심을 가지는 자세, 미미하지만 작은 호기심이 많은 것을 배우게 해주고 또 생각하게 만듭니다.

하나씩 알아가는 소소한 재미가 만만치 않습니다. 생활의 즐거움은 타인이 생각하는 것보다 자신의 투자에 충실한 사람에 대해 어느 정도 관대합니다.

어떤 분야에 국한되지 않고 그 무엇 하나라도 아는 것, 앞설 수는 없지만 뒤처지지는 않는다는 자부심은 삶의 과정에 있어 큰 자산이 되기에 충분합니다. 자기만족이 아니라 자신의 성실성, 꾸준함에 대한 칭찬입니다.

세상에 공부 아닌 것이 없다고 나는 생각합니다.

길거리에서 나눠주는 시시껄렁한 전단지 하나도 나는 허투루 보아 넘기지 않습니다.

눈길이 가는 모든 곳에 풍경과 사건이 있는 것처럼, 의식의 눈길이 가는 모든 곳에 지식과 지혜의 실마리가 존재하는 셈입니다. 그러니 식당에서 잠시 밥을 기다리는 사이에도, 화장실에서의 그 짧은 시간에도, 세상과 지구가 돌아가는 것처럼, 무엇인가가 이루어지고 있고, 나를 기다리고 있다고 생각합니다.

나는 스스로가 머리가 나쁜 사람이라고 생각합니다.

그런 생각을 늘 염두에 두고 있어야 두 배, 세 배 더 공부할 테니까 말입니다. 자기 자극은 아무리 혹독해도 다른 사람이 절대 심판하지 않습니다. 내가 나에게 주는 자극에 대해 결국 나를 심판하는 것은 내 자신밖에 없습니다.

보통의 부모들은 이렇게 말합니다.

"우리 아이는 머리는 좋은데 공부를 하지 않는 것이 문제이다."

맞는 말이긴 하지만 근본적인 문제를 간과하고 있다고 나는 생각합니다.

머리가 안 좋아도 노력하면 된다는 확신입니다.

'노력에는 장사가 없다'는 말처럼 자신에게 철저히 투자한 사람에게는 그만한 결과가 따라오기 마련입니다.

어느 대형 가수의 성공하기 위해 노력한 성공담을 담은 글을 인용해 봅니다.

"파도는 계속 밀려오지만, 계속 헤엄치다보면 언젠가는 섬에 도착할 수 있다.

자기 자신을 버릴 수 있는 사람.

항상 이거 아니면 죽는다는 심정으로 행동하자.

온갖 유혹의 손길이 보이더라도 잘 참아내고 그 시간을 나한테 투자하자.

준비가 되어 있지 않으면 시작도 하지 않는다.

내게는 노력이라는 칼이 있다.

연습에는 장사가 없다.

나를 넘어서야 한다.

죽을 만큼 노력하자.

불안하면 연습하라.

못해서 안하는 것과 안 해서 못하는 것은 다르다.

잘 못하더라도 최선을 다 해보고 못하자.

결과보다는 과정이 중요하다."

시간을 지배하지 못하고 자기 자신을 이탈하는 사람은 반드시 문제를 낳습니다.

즉, 많은 사람들이 자기 자신을 잘 모르고 있다는 말입니다.

우리는 본능을 제어할 줄 아는 의지를 타고나면서부터 배웠습니다. 그런 것이 시간이 지나면서 공부를 통해 정교해지고 세련되어집니다.

여기서 공부라 함은 책을 통해서 배우는 공부를 포함한 사회활동에서 배울 수 있는 모든 것을 포함하고 있습니다. 그러나 우리는 배우는 것도 중요하지만 더욱 중요한 것은 '지금 무엇을 하느냐?'입니다.

왜 하느냐, 어떻게 즐겁게 하느냐가 중요합니다.

모든 행동에는 그만한 이유가 있듯이 나의 행동에는 나만 이해할 수 있고, 인정할 수 있는 그만한 타당성이 있습니다.

노력하는 내 자신을 사랑하지 않을 수 없습니다.

나는 묻습니다.

내가 나를 사랑하며 존경하지 않고 그 누구를 존경할 것인가?

내가 나를 사랑하지 않으면 누가 나를 사랑 할 것인가?

내 자신을 공경하시기 바랍니다!

이것이 바로 공부의 시작인 것입니다.

네 번째 에피소드

사람을 사랑하는 일, 그 얼마나 아름다운 일인가요?

모든 새로운 일에 있어서 사람들은 모험이라거나 무모하다고 생각하는 경향이
언제나 있습니다. 그것을 기득권이라거나 기존의 관념이라고 무시할 수는 있으나
그만큼 현실은 언제나 안전하고 확실한 것을 추구하게 마련입니다.
그러나 우리는 도전합니다. 그래서 젊음입니다.

불확실성 속의 가능성

자기 자신을 믿는다는 것은 쉬운 일이 아닙니다.

그 누가 자기 자신을 확신할 수 있을까요? 분명 그래야 하지만 대부분 그렇지가 않습니다. 그래서 우리는 남의 이야기를 듣고 배우고 느끼며, 앞으로의 불확실성을 해소하기 위해 동분서주합니다. 불확실성을 가능성으로 바꾸는 것은 모두의 문제이기도 하면서 남을 위하는 것이 결국에는 곧 나를 위한다는 명제를 완성하는 것입니다.

그런 이유 때문에 자기 확신은 정당하면서도 필연적인 것입니다.

우리는 수많은 난관에 봉착합니다. 그 크기와 넓이는 상관이 없습니다. 지금 겪고 있는 시련이 본인이 느낄 때 가장 힘들고 어려운 상황일 뿐만 아니라 내가 당면하는 문제는 나의 본질적인 문제와 깊은 관련이 있기 때문입니다. 남들이 판단할 때 사소하다고 생각할지 모르지만 당사자에게는 절대적인 문제일 수 있습니다. 그런 불확실성이란 싸움에서 이기는 사람이 결국에는 진정한 승리자가 됩니다.

미국의 건축가 뢰블링 부자의 이야기는 해결이 안 될 것 같은 불확실성을 해소하는 과정에서 믿음과 확신이 얼마나 큰 힘이 되는지를 보여주고 있습니다.

1883년의 일입니다. 모든 일에 있어 적극적이며, 특히 자신의 직업에 있어 창조적인 혁신을 꿈꾸는 도전적인 설계사 존 뢰블링과 앞으로의 전도가 촉망되는 그의 아들 워싱턴 뢰블링이 맨해튼과 브루클린을 잇는 거대한 대교설계에 착수하게 되었습니다. 다른 토목 전문가들은 도시락을 싸들고 일찌감치 포기하라며 두 사람을 설득했습니다. 그때까지 그러한 건축기법이 이루어진 적이 없었기 때문이기도 했지만 그 규모와 거리에 있어 기술적인 지식이 축적되어 있지 않았으며, 그 전까지는 그러한 사례의 유례조차 없었기 때문입니다.

하지만 뢰블링 부자는 대교를 반드시 만들 수 있다고 굳게 확신했습니다. 무모하지만은 않다는 결론을 그들은 모든 계산을 통해 확보하고 있었습니다.

모든 새로운 일에는 모험이라거나 무모하다고 생각하는 사람들이 언제나 있습니다. 그것을 기득권이라거나 기존의 관념이라고 무시할 수는 있으나 그만큼 현실은 언제나 안전하고 확실한 것을 추구하게 마련입니다.

그러나 그들은 여러 어려움과 장애에 맞서 싸우며 모범적인 건설 방안을 꾸준히 구상해 나갔습니다. 설계를 비롯한 기본적인 이론을 완성하면서 행정적인 문제와 금전적인 문제도 아울러 해결해 나갔습니다. 이후 필수적으로 필요한 자금을 확보하기 위해 여러 은행가를 설득해 투자금을 확보하는 등 오로지 열정과 긍정의 확신으로 설계팀을 꾸려 대교건설에 착수했습니다.

초유의 사업이 그렇게 시작되었습니다.

그러나 공사 시작이 불과 몇 개월도 지나지 않아 현장에서 사고가 발생했습니다. 그만큼 어려운 공사이기도 했지만 사람들의 염려가 매스컴을 통해서 확대되고 염려가 사실로 판명되었다며 웅성거렸습니다. 모범을 삼을 만한 모델도 없었고 오로지 이론으로만 완성된 설계였기 때문에 시행에 있어 경험의 부족과 아울러 무수한 오차가 발생하는 것은 당연한 일이었습니다.

그 사고로 아버지 존 뢰블링은 그 자리에서 목숨을 잃고 겨우 구출된 아들 워싱턴은 길고 긴 혼수상태에 빠졌습니다. 그는 몇 주일이 지나서야 겨우 의식을 회복했습니다. 간신히 살아남은 워싱턴은 움직이고 말하는 능력을 이미 상실한 상태였습니다. 모두를 끝났다고 생각했습니다.

하지만 워싱턴은 포기하지 않았습니다.

그의 정신과 의지는 그때까지도 날카롭게 살아 있었습니다.

하염없이 병상에서 누워 절망에 몸을 떨던 어느 날, 그는 사람과 의사소통을 할 수 있는 한 가지 방법을 찾아냈습니다. 그의 몸에서 유일하게 움직일 수 있는 손가락 한 개, 그리고 반짝이는 눈동자가 그 답이었습니다.

그는 그 손가락 한 개로 아내의 팔을 두드려 신호를 보냈습니다. 아내는 그의 의지를 분명하게 읽었습니다. 그리고 워싱턴 뢰블링은 자신의 설계도를 보면서 손가락과 눈빛으로 설계를 지시해 나갔습니다. 아내는 그 많은 시간을 인내하며 뢰블링의 지시를 하나도 빠짐없이 옮겨 적었습니다. 그리고 그렇게 완성된 설계도를 대교 건설팀의 기술자들에게 전달했습니다. 그 시간은 13년 동안이나 지속되었습니다. 그렇게 워싱턴 뢰블링은 아내의 힘을 빌려 손가락 한 개와 눈빛 하나로 지시사항을 전달하며 마침내 브루클린 대교를 완성했습니다. 초인적인 결과라고 말하지 않을 수 없습니다. 또한 인간승리라고 해도 아깝지 않은 과찬입니다.

맨해튼과 브루클린을 이어주는 이 다리는 총길이 27킬로미터, 높이 1,796미터라고 합니다. 브루클린 대교는 뉴욕에서 제일 오래되고 가장 유명한 다리로 '19세기 토목공학의 진정한 기적'이라고 사람들은 말합니다. 그것은 그 다리가 현수교이기 때문인데, 현수교는 교각이 없는 다리를 말합니다. 공학적인 문제에 있어 그때까지는 없었던 일이었고, 불가능한 일이었습니다.

이 기적을 만들어 낸 것은 한 사람의 곧은 신념이었습니다. 즉, 불확실성을 이겨내고 자신을 믿고 굳은 의지를 갖고 포기하지 않는 워싱턴 뢰블링의 정신이 있었기에 가능한 일이었습니다.

불가능이란 부정을 가능이라는 긍정으로 바꾼 이야기입니다.

우리는 살면서 되는 일보다는 안 되는 일들을 더 많이 경험하게 됩니다. 안 되는 일을 되도록 만들지 않으면 살면서 우리가 할 수 있는 일들이 자꾸자꾸 없어집니다.

'사람이 하는 일인데 안 되는 일이 어디 있겠어!', 이런 말을 종종 듣기도 합니다.

물론 열심히 해도 안 되는 일은 분명히 있습니다. 하지만 죽을 만큼 노력하면 안 되는 일 보다는 되는 일이 훨씬 더 많아진다는 것을 믿으시기 바랍니다.

여기서 포드 자동차 창업회장인 헨리 포드의 말이 아주 적절한 교훈을 줍니다.

"세상에는 두 종류의 사람들이 있다.

자신이 할 수 있다고 생각하는 사람과 할 수 없다고 생각하는 사람이다.

물론 두 사람 다 옳다.

언제나 자신의 경험이 그러한 믿음을 만들기 때문이다."

이기는 법을 아는 선수들이 많을수록 강팀이 된다고 자주 프로 스포츠의 감독들이 말하는 것을 들을 수 있습니다. 물론 지고자 경기를 하는 선수들은 없을 것입니다. 그러나 팀의 특성상 우수한 선수를 영입하지 못하고 뛰어난 감독을 영입하지 못하는 팀은 자주 질 수밖에 없습니다. 그러나 약팀이라고 해서 늘 지는 것만은 아닙니다. 그 선수들은 노력에 노력을 더하여 극한적인 상황에서 승리를 연출하여 팬들을 놀라게 합니다. 거기에서 우리는 말로 형용하지 못할 감동을 맛봅니다. 당연히 이겨야 하는 팀에서는 이기는 법을 잘 모릅니다. 이기는 것에도 타성이 따라붙게 마련입니다. 그러나 약팀에서 이기는 것은 새로운 이기는 법을 축적하는 소중한 기회가 되기에 더욱 가치가 있습니다. 운동에서 뿐만이 아니라 삶에서도 늘 반전은 존재하니까 말입니다. 어려울 때 이기고 자신을 이기는 것은 그래서 더욱 가치가 있고 소중한 경험으로 사람들에게 기억되는 법입니다. 단순하게 이겨야 할 곳에서 이기는 것이 아니라 상상을 뛰어넘는 극한에서의 이기는 법이 정말 소중한 쟁취이자 성공의 가치를 가지는 것입니다.

헨리 포드의 지적은 그런 면을 지적한 것이 아닐까 싶습니다. 늘 이기는 것에 익숙한 선수는 오직 이기는 경험에서의 믿음이 있기 때문에 최소한 자기방어에는 능합니다. 그리고 졌을 때의 수치와 비난에 대한 두려움을 알기에 늘 조심을 합니다. 그러나 그 조심 때문에 늘 무너집니다. 더욱 찬란한 완벽을 준비하지 않기 때문이었습니다. 아니면 불가항력적인 상황에서도 초인적인 능력을 발휘하는 미친 선수들 때문에, 혹은 자기 내부의 어쩔 수 없는 분열과 미처 준비하지 못했던 사고 때문에 그럴 수도 있습니다. 그래도 변명은 통하지가 않습니다. 그래서 2군이 있고 후보가 있는 법입니다. 가장 강한 우리가 질 수도 있다는 두려움에서 항상 준비하지 않으면 언젠가는 무너집니다. 믿음은 자기자신의 단련의 방법이자 사람들과의 약속입니다.

반대로 약팀의 선수들은 늘 무기력에 젖거나 패배의 근성에 쌓여 그냥 있지만은 않습니다. 수많은 사람들의 조롱과 비난 속에서도 묵묵히 자기자리를 지키며 화려하게 비상할 그 날을 꿈꾸며 절치부심 자신을 채찍질합니다. 늘 마음속으로 이기는 상상을 하며 주어진 상황에 안주하지 않습니다. 눈물 젖은 빵이 아니라 땀에 절은 축구화를 질겅질겅 씹으며 무수한 반복을 통해 자신을 완성하기 위해 그라운드에 쓰러질 각오로 뛰고 또 뛸 것입니다. 그 가쁘고 거친 숨결은 새벽까지도 이어질 것입니다.

헨리 포드의 주장은 과연 경영의 대가답게 누구를 편들거나 책망하지 않았습니다. 스스로에게 주어진 상황에서 과연 누가 자신의 믿음에 더욱 충실했는가만 평가했을 뿐입니다.

선택은 그대의 몫입니다. 이기는 경험은 실전에서만 필요한 것만이 아닙니다. 세상으로 나서는 젊은 그대들일수록 마음의 문제로서의 무장이 필요합니다. 마음으로도 이기는 믿음을 가지는 것이야말로 가장 좋은 무기를 획득하는 일입니다. 그것은 이기는 법의 마음의 예습이니까요!

아울러 이런 생각을 덧붙이고 싶습니다.

우리들이 갖는 모든 열정과 도전은 평등하고 정당하다는 말입니다. 개개인 한 사람 모두 소중하지 않은 존재가 없는 것처럼 말입니다. 물론 약간의 차이, 그 깊이와 넓이에 차이가 있을지도 모릅니다. 그러나 그것은 틀림이 아니라 다름일 뿐입니다. 그 다름을 인식하고 어울리고 인정하는 것이 좋은 세상을 향한 출발점이 될 것입니다.

그렇게 꾸준하게 정성을 기울여 열심히 스스로를 정복하세요, 그대의 꿈을 정복하세요!

세상의 모든 사람이 그대를 응원할 거예요!

소박하나 눈부신 삶

어느 신문에서 이런 기사를 읽었습니다.

전북 완주에서 성직을 수행하시는 지정환 신부님에 관한 이야기였습니다. 임실 치즈로 우리에게 잘 알려진 분입니다.

그의 본래 이름은 디디에 세스티벤스, 벨기에 사람으로 인생의 전부를 우리나라에서 살았다고 합니다. 아무런 인연도 없는 나라이지만 자신의 소명에 충실하기 위해 기꺼이 가난하디 가난한 이 땅을 택했습니다. 가난한 농민들의 삶을 위해 모든 것을 헌신한 실천적 지성이자 시대의 아픔까지도 당당하게 지적하는 정신적 사표(師表-학식과 덕행이 높아 남의 모범이 될 만한 인물)이십니다.

조건 없는 그런 헌신이 너무 눈부십니다.

그 분의 삶이 너무 소박해서 차라리 눈물겹습니다.

그 눈물의 끝에는 사랑이 있습니다.

사람을 사랑하는 일, 이 얼마나 아름다운가요!

눈길을 끄는 것은 그 아픈 몸을 이끌고도 여든의 나이가 무색하게 하루하루를 금쪽 같이 여기며 열심히 산다는 사실이었습니다. 그 분은 현재 지팡이와 휠체어가 그의 행동 도구입니다. 눈도 잘 보이지 않을 지경이라 합니다. 그래도 그는 이렇게 말씀하셨습니다.

"그래도 괜찮아. 애인이 시키는 대로 사는 것도 재미있어!"

여기서 애인이란 그가 앓고 있는 병을 말합니다.

소박함에서 나오는 따뜻한 마음과 긍정의 여유이리라 생각됩니다.

어떤 의사가 암에 걸린 사실에 스스로 많은 자책을 했다고 합니다.

의사가 되어 자기 몸 하나 제대로 다스리지 못해 암에나 걸리고, 그래서 환자들 보기에 너무 창피했다고.

그리고 그는 말했습니다.

절대로 암을 이기려 하지 말고 잘 다스려서 친구처럼 지내면 그럭저럭 견딜만하다고. 고치려 경쟁하고 이기려 무리하다 보면 오히려 그러한 작용 때문에 더 병이 악화될 수 있다고 그는 말했습니다.

내가 생각하기에 그것은 포기가 아니라 오히려 적극적인 대응이었습니다.

이기려고 하고 정복하려고 덤비는 무지막지한 존재들의 침입은 사람의 힘으로 조절하거나 평정하기가 어렵습니다. 그럴 때는 그 힘을 역이용하여 내치거나 점진적으로 순응하면서 상호적인 관계를 맺는 것이 낫다는 것입니다.

나는 그런 달관이 부럽고 배우고 싶습니다.

스트레스나 행복한 삶에 대해 공부하는 나로서는 절대로 간과할 수 없는 중요한 지침이었습니다.

이기려 하지 마라!

손자孫子 모공 편謀攻篇에 나오는 '지피지기면 백전불태知彼知己百戰不殆'라는 말처럼 상대를 알고 나를 알면 백 번 싸워도 위태롭지 않다고 했습니다. 그러나 우리의 실상은 그렇지가 않습니다. 우리는 사회생활을 하면서 백 번을 싸워 백 번을 모두 이겨야 한다는 강박관념 속에서 살았다고 해도 과언이 아닙니다. 이런 경쟁지상주의의 폐해가 고스란히 '지피지기면 백전백승知彼知己百戰百勝'이라는 있지도 않은 고사성어로 둔갑을 시켜 자기의 인생을 살벌한 전쟁터로 만들고 그 안에서 상대도 모르는 적과 투쟁하며 살고 있지는 않은지 스스로 돌아봐야 합니다.

소리도 없이 다가와 우리의 의식을 지배하는 것들의 의미를 현대의 우리들로서는 부정하기가 어렵습니다. 두려운 현실입니다. 겉으로 행복하다고 마냥 행복한 것만은 아닌 것이 우리 삶의 실상입니다. 순식간에 우리를 점령하는 그것들, 마냥 방치할 수는 없습니다. 상쾌하게 극복하고 싶은 마음이야 간절하지만 도무지 뜻대로 되지 않습니다.

많은 분들이 소박하게 살아 오셨지만 누구보다 눈부신 과거를 가지고 계십니다. 이런 존경하는 분들을 보면서 배우고 반성하고 닮아 가려고 노력해보는 것도 좋은 방법이라고 생각합니다.

우리가 낯선 곳에서 새로운 친구를 만나 관계를 맺고 사귀어 가며 서로를 잘 알고 존중하고 사랑하면서 삶의 지평을 넓혀가는 것처럼, 병이나 우울, 스트레스 등등도 그렇게 알아가고 다스리며 공동의 관심사로 다른 사람을 이해하고 인정하며 그 영역을 구축하는 마음가짐이 중요합니다.

피할 수 없다면 즐기라는 말처럼 극복할 수 없다면 타협하면서 느슨한 경쟁을 하면서 적당한 긴장관계를 조성하는 것도 나름의 현명한 방법이 아닐까요?

나의 스승이 되어준 스트레스

스트레스 많이 받으시죠!

어떤 스트레스를 가장 많이 받고 계신가요?

받은 스트레스를 어떻게 풀고 계신가요?

어느 조사기관의 조사에 의하면 많은 병의 95%가 스트레스에서부터 시작된다고 발표했고, 직장인의 92%가 고질병을 앓고 있는데 가장 큰 원인으로 스트레스가 문제라는 발표였습니다.

또한 현대의학에서 스트레스는 만병의 근원이라는 극단적인 결론을 내리기도 합니다. 그럴 수밖에 없는 것이 여러 가지 스트레스로 인한 육체적, 정신적인 문제들이 발생하고 있는 것이 현실이기 때문입니다. 즉, 만병의 근원이라고 지칭할 만큼 요즘 사람들은 스트레스에서부터 자유롭지 못한 것 또한 사실입니다.

그로 인해 스트레스에 관한 연구는 단연 최고의 관심사이자 보이지 않는 것과의 싸움이라는 의미에서 무한한 가치를 지닐 수 있는 분야가 아닐까 생각해 봅니다.

물리적인 의미에서의 의학을 떠나 정신에 관한, 그리고 인간의 본질에 관한 연구가 선행되어야 한다는 생각을 해봅니다. 이 근본도 없는 질병은 대체 어디서부터 시작이 된 것일까요?

스트레스를 가장 많이 받는 장소는 어디일까요?

스트레스를 가장 많이 주는 사람은 누구일까요?

사람마다 차이는 있겠지만 보편적으로 하루를 생활하면서 가장 오랜 시간 머무는 장소에서 스트레스를 가장 많이 받고, 가장 오랜 시간 같이 있는 사람 때문에 스트레스를 가장 많이 받는다고 합니다. 또한 나 자신 때문에 스스로 스트레스를 받는다고 합니다.

누구나 최고가 될 수는 있습니다. 아니, 그것은 당연히 존재하는 권리이지만, 그럼에도 불구하고 정도의 차이를 우리는 인정하지 않을 수 없습니다. 개인의 의사와는 상관이 없는, 그럼에도 불구하고 여전히 사회의 흐름에 따라가야 하는 우리는 경쟁이라는 틀을 벗어나서는 살 수가 없습니다. 이런 치열한 경쟁 속에서 우리는 정말 우리가 선택한 삶을 살았고, 지금 그렇게 살고 있는 것일까요?

다른 사람들과 경쟁하면서 살고 있는 우리는 많은 경쟁자들로 인해 스트레스를 받고 있습니다. 또한 경쟁에서 이겨야한다는 부담감으로 내 자신에게 스트레스를 주고 있습니다.

그럼 경쟁에서 이기려고 받는 스트레스는 어떤가요?

중학교 시절 수업 중에 장래희망에 대해 얘기하는 시간이었습니다. 친구들 앞에서 나는 장래의 꿈이 의사가 되고 싶다고 말했고, 선생님께서는 한심하다는 듯이 바라보시고는 이렇게 말씀 하셨습니다.

"꿈은 현실적이어야 한다!"

즉, 공부도 못하면서 생각만 가지고는 의사가 되지 못할뿐더러 공부 못하는 학생의 꿈이 너무 현실적이지 못하다는 말씀이셨겠지요!

사춘기를 겪고 있던 나는 그때 무시당했다는 생각에 너무 창피하여 쥐구멍이라도 들어가고 싶은 생각뿐이었습니다. 그 이후로 공부에 대한 스트레스는 지금까지 강박관념처럼 나를 쫓아다니고 있습니다. 무시당하지 않으려면 공부를 잘 해야 된다는 스스로의 논리가 머릿속에 잠재되어 있었던 것입니다.

'공부를 잘 해야 된다'라는 스트레스를 통해 공부를 할 수밖에 없는 상황이 되었고, 그래서 어쩔 수 없이 공부를 하게 되었습니다. 즉,스트레스가 나를 공부하게 만든 스승이 되어 버린 것입니다.

스트레스가 나쁜 것만은 아니라고 생각합니다. 적당한 스트레스를 통해 긴장감도 생기고 무엇인가 할 수 있는 원동력도 생기기 때문입니다.

이 세상을 살면서 스트레스를 안 받고 살 수는 없습니다. 어차피 받을 스트레스라면 건강을 해치는 나쁜 스트레스, 과중한 스트레스는 버릴 줄 아는 연습을 하고, 긴장감 있는 스트레스를 통해 나를 발전시킬 수 있는 기회로 만들어 보면 어떨까요!

사회생활을 하니 원하든 원하지 않던 많은 사람들과 같이 일하고, 밥 먹고, 취미 생활도 같이 하고, 여행도 같이 하게 됩니다. 그러다 보니 사람들과의 관계에서 받는 스트레스가 상당 부분을 차지한다고 합니다.

성공학자 나폴레옹 힐의 성공비결에서도 자신의 능력으로 성공하는 것은 15%이고, 인간관계의 능력으로 성공하는 것이 85%라고 했듯이, 그는 무엇보다도 인간관계의 중요성에 대해서 자세하게 언급했습니다. 이렇게 중요한 인간관계 형성에서의 스트레스는 무엇보다 크지 않을 수 없습니다. 그럼 관계스트레스는 어떻게 풀어야 할까요?

주는 것 없이, 아무 관계 아니어도 괜히 미운 사람이 있습니다.

내가 다니는 주유소 세차장에 그냥 싫은 아저씨가 한 분이 있습니다. 이 아저씨는 항상 짜증이 나있는 인상에다가 불친절하기까지 합니다. 얘기도 한번 해보지 않았지만 그 아저씨 얼굴만 봐도 불편하고 싫은 것입니다. 어느 날 문득 이런 생각이 들었습니다.

“저 아저씨 때문에 왜 내가 불편해하고 혼자 스트레스를 받는 거지! 나한테 잘못한 것도 없는데 왜 저 아저씨가 싫고 불편해서 내가 스트레스를 받지! 어떻게 하면 저 아저씨한테 받는 스트레스를 안 받을 수 있을까!"

그 다음부터 주유소에 가면 내가 먼저 아저씨에게 인사하고 차 안에 있던 음료수도 드시라고 하면서 친해지기로 했습니다. 그러던 어느 날 아저씨가 내 차를 보고 먼저 달려와 인사를 하고 무료 세차권을 20장이나 챙겨다 주시면서 오랜만에 왔다고 반가워하시는 겁니다. 순간 기분이 좋았습니다.

이날의 기분 좋은 감정으로 인해서 그 세차장 아저씨에 대한 미운 마음이 눈 녹듯이 사라졌습니다. 이처럼 '관계 스트레스'란 지금의 불편한 관계에서 조금만 생각을 바꿔주면 어느 정도는 해소가 될 것이라고 생각합니다.

상대방이 어떤 실수를 했을 때 친한 친구이면 기분 나쁘지 않게 웃어넘길 수 있는 문제가 친하지 않은 친구가 실수했을 때는 똑같은 상황인데도 불구하고 기분이 나쁘고, 그 친구의 실수 때문에 스트레스를 받게 됩니다. 사람의 관계는 지금보다 조금만 더 친해지면 포용력이 넓어집니다. 이해해 줄 수 있는 폭이 넓어지면 부딪칠 수 있는 일들이 줄어들고, 그로 인해 스트레스를 덜 받게 된다는 것입니다.

관계 스트레스에서 조금 더 자유로워지기 위한 방법으로 상대를 이해하고 상대방의 입장에서 다시 한 번 생각해 보는 것입니다.

남을 이해하기가 쉽지는 않습니다. 또한 내가 나를 이해하기도 어렵다는 것입니다.

우리는 남에게 이해받고 싶어 하고, 받아들여지기를 원합니다. 그렇게 공감하고 교류하고 싶어 합니다. 거기에 앞서 남이 나를 이해해 주기를 바라지 말고 먼저 내가 남을 이해하려고 노력한다면 좋은 관계가 형성될 것입니다. 좋은 관계형성이 관계 스트레스를 줄이는 중요한 작용을 할 것이라 믿습니다.

적당한 스트레스로 긴장감을 유지하고, 이 스트레스를 통해서 열정과 성취욕을 불러일으키면서, 또한 하고자하는 의욕을 통해서 성공에 이르는 스승이 되어주는 스트레스가 되었으면 합니다.

누구나가 스트레스를 해소하는 방법을 한두 가지씩은 가지고 있습니다.

어떤 사람은 폭음을 하기도 하고, 폭식이나 은둔을 스트레스의 해소 방법으로 사용하기도 합니다. 자기 자신을 학대하면서 스트레스를 해소한다면 그것이 과연 진정한 해소 방법일까요?

어쩔 수 없이 받아야 할 스트레스라면 이 스트레스를 통해서 변화의 기회로 삼아보고, 해소해야 할 스트레스라면 건강도 챙기고 즐겁게 풀 수 있는 방법을 찾아보는 것은 어떨까요!

좋은 습관이든 나쁜 습관이든 만들기 나름이고, 생각하기 나름입니다. 그러므로 마찬가지로 바꿀 수 있는 능력도 우리에게는 분명히 있다고 생각합니다.

마음을 바꾸고 실행에 옮기면 세상이 달라 보이고, 그 달라 보이는 세상을 통해 지금보다 좀 더 편안한 마음을 유지할 수 있으리라는 희망을 가져봅니다.

나쁜 징크스를 좋은 징크스로 바꾸기

프로 야구 NC다이노스의 4번 타자 이호준 선수는 징크스가 백 개도 넘는다는 말을 했습니다. 다른 종목도 그러하겠지만 야구 역시 멘탈의 부분이 강조되는 종목이라 그러한 일들에 많은 신경을 쓰는 것인지도 모릅니다.

그는 중요한 경기가 있는 날에는 꼭 계란 두 개를 먹는다고 합니다. 그런데 경기 당일 계란을 깨는 것은 대체로 금기시하는 일이라 그의 아내는 그 전날 계란을 깨서 냉장고에 보관했다가 요리를 한다고 합니다. 그 외에도 무수히 많은 징크스가 있어 모든 행동 하나하나를 조심한다고 합니다.

이 정도라면 거의 족쇄를 차고 움직인다고 봐도 무방할 것입니다. 과연 자유스럽게 움직이기나 할 수 있을까, 그런 의문이 들기도 했습니다. 그런데 그는 웃으면서 어차피 징크스는 깨어지기 마련이기 때문에 심각하게 집착하지 않고 가볍게 벗어난다고 말했습니다. 과연 멘탈에 있어서 백전노장의 여유와 지혜를 엿보게 됩니다.

새누리당 대표를 지낸 홍준표 전 의원의 빨간색 사랑은 유별나다고 합니다. 중요한 선거 때는 넥타이는 물론 속옷까지 빨간색으로 챙겨 입는다고 합니다. 빨간색이 내면의 정열과 집중을 상기시키는 색깔이므로 그것이 그에게는 하나의 에너지로 작용하는지도 모릅니다. 선거 기간에는 그 증상이 더더욱 확고하다고 합니다. 전투력을 배가시키는 빨간색의 힘을 빌리자는 간절한 마음의 작용이기도 할 것입니다.

모든 상황이 자기에게 유리하게 전개가 되고, 자기가 원하는 대로 이루어지기를 바라는 주술적인 마음의 움직임이지만, 자신의 최선과 하늘의 운이 합해진다면 더더욱 좋은 일이기에 참으로 소박한 기원이라고 믿고 싶습니다.

징크스를 좋은 쪽으로 생각하고 긍정적으로 믿는다면 가장 바람직한 일이겠지만 대체로 불길하거나 좋지 않은 상황을 예상하고 일어나는 일이므로 굉장히 민감하게 반응합니다. 내면의 불안의 반증이라는 이야기입니다. 그리고 그것은 스스로 만들어 낸 막연한 믿음입니다. 확률적으로도 미미합니다. 그런데도 불구하고 그것을 하나의 확실한 징표로 무조건 믿어버리는 것에서 문제가 있습니다.

좋은 징크스도 많습니다. 사람들은 그런 것은 금방 잊어버리고 나쁜 것에의 징크스에만 집착합니다. 그만큼 사람들의 내면의 여유나 자신감이 상실되었기 때문입니다. 그런 징크스의 과도한 집착은 금물입니다. 정신적인 건강에 아무런 도움이 되지 않기 때문입니다.

나는 학교 구내식당에서 식판에다 식사를 하면 속이 안 좋거나 체하는 징크스가 있습니다.

그래서 학교 수업이 있는 날의 점심은 빵으로 간단히 해결하든지 아니면 굶는 것이 일쑤였습니다. 어느 날 어쩔 수 없이 교수님과 같이 식사를 해야 되는 상황이 되어서 학교 구내식당의 식판에다 점심을 먹었는데, 여지없이 소화가 안 되는 것이었습니다.

이유가 뭘까? 스스로 생각해 보았습니다.

이유는 "학교 구내식당 식판에다 식사를 하고나면 소화가 안 되더라!" 라고 내가 만들어 놓은 징크스 때문이었습니다.

몇 번의 경험으로 그런 일이 발생하니 당연하다는 듯이 단정을 지어버리고 나니 하나의 징크스가 되어 버린 것이었습니다.

그러나 원인은 다른 이유에 있었습니다. 나는 밥을 굉장히 천천히 늦게 먹는 편인데 다른 사람들과 같이 먹으려니 급하게 식사를 하게 됩니다. 또한 식판에다 식사를 하다 보니 먹는 양이 조절이 안 되어 과식을 하게 됩니다. 그리고 식사를 하고는 바로 책상 앞에 앉아 있으니 당연히 소화가 잘 될 수가 없습니다.

정확한 식습관을 지키지 않은 나의 생활 태도의 문제를 징크스로 치부하고 말았던 것입니다.

원인을 알았으니 그 징크스로부터 탈출하기 위해 몇 가지 실천을 해 보았습니다. 먼저 먹는 양을 평소보다 줄이도록 조절하고, 급하게 먹지 않도록 조금이라도 대화를 나누며 식사를 하도록 신경을 쓰고, 식사 후에는 짧은 시간이라도 산책을 한 후에 수업에 들어갔습니다. 그 이후로는 소화가 되지 않는 일은 없었습니다. 쉽게 징크스라고 단정을 하고 무모하게 버티고 버틴 나의 어리석음에 웃음이 났습니다.

모든 결과에는 그만한 원인이 있는 법입니다.

내가 안 되는 일을, 하기 싫은 일은 징크스라는 정체도 없는 괴물에 전가해 버리고, 아무런 죄책감 없이 쉽게 포기해 버리고, 어떤 문제가 생겼을 때 정면 돌파를 시도하지 않고 피해 다닌다고 문제는 해결되지 않습니다. 조금이라도 빨리 그 징크스로부터 자유로워지려면 최소한 그 원인을 알고자 하는 노력, 그리고 그것을 돌파하거나 무시하는 것도 나쁘지 않습니다. 앞에서도 말했듯이 징크스는 자기가 만듭니다. 문제는 우리 자신입니다. 그리고 징크스는 우리가 그것을 피해 다니기 때문에 오히려 스스로 몸집을 키워 우리를 점령하려고 합니다. 우리는 그것을 핑계이거나 무능력이거나 책임회피라고 합니다. 손톱 밑의 티눈은 일찍 제거하는 것이 효율적입니다. 간단하게 처리할 상처를 내내 팽개쳐 놓으면 그것은 점점 피부 밑으로 잠복하면서 내내 아픈 것은 물론 큰 상처로 곪아갑니다.

이렇듯 필요도 없는 나쁜 징크스는 잊어버리고 기억하기 좋은 징크스를 우선 만들어 보는 것은 어떨까요!

봉사활동을 다녀오면 꼭 좋은 일이 생기더라!

누구와 더불어 토론을 하고 어떤 도서관에서 공부를 하면 시험성적이 좋아지더라!

부모님을 기쁘게 해드리는 날은 꼭 선생님께 칭찬을 받더라!

좋은 징크스를 이렇게 많이 만들다보면 언제부터인가는 나 스스로가 굉장히 복이 많은 사람, 운이 좋은 사람이 되어 있을 것입니다.

신념을 담아 확신하고 드리는 말입니다.

부족함에서 얻을 수 있는 강인함

자신의 출생의 문제를 부모에게 돌리는 것은 어찌 보면 타당할 수도 있지만, 그것만큼 무모하고 외람된 일은 없을 것입니다.

물론 물려받은 유전자, 형질形質의 고유함은 천륜의 문제로 거부할 수가 없을 것입니다. 그러나 그것뿐이라고 저는 생각합니다.

태어나게 해주신 것만으로도 감사해야 할 문제라고 나는 생각합니다.

지금 내가 이 땅에서 타인과 더불어 살 수 있는 그 근본을 마련해 주신 것의 형용할 수 없는 고마움은 절대 잊어서도 안 되고 잘 살아야 한다는 존재의 이유입니다.

그것은 세월이 지날수록 더욱 가슴에 새겨지는 아픔으로 남기도 합니다.

오늘은 왠지 아버지가 생각납니다!

아버지가 그리울 때가, 그리고 울컥할 때가 간혹 있습니다.

'나도 이런 아버지가 있었으면 좋겠다' 라는 바람을 마음속에 항상 갖고 있습니다. 아버지에 대한 얘기를 듣다보면 가슴 한곳이 서늘해지기도 하고, 또한 간혹 아버지에 대한 동영상을 보다보면 나도 모르게 눈물이 흐릅니다!

기억조차 흐려진 아버지라는 존재를 나는 막연하게 "의지할 수 있는 사람!, 편안한 사람!, 어떤 부탁을 해도 괜찮은 사람, 영원히 주기만 해도 아까워하지 않으시고 모든 해주시는, 항상 나를 믿어주고 나만 바라봐 줄 수 있는 그런 사람! 항상 내 편인 사람!" 이런 사람이 아버지라는 막연한 기대와 따뜻함이 그리워집니다.

살아가기 힘들 때, 그리고 어려운 일이 있을 때 문득 누군가가 나의 배경이 되어 아무런 조건도 없이 나를 그윽하게 바라본다는 그런 믿음이 필요할 때, 아무리 나를 사랑하는 사람이 있다고 하더라도 무언가 가슴이 허전할 때 나는 아버지를 생각합니다.

내가 살아있는 동안 아버지의 존재는 나의 영원한 배경입니다. 그것도 아주 든든한 '빽'입니다.

시간의 단절을 뛰어넘는 소중한 존재입니다.

영국의 여왕 엘리자베스 1세의 이야기는 부족함에서 얻은 강인함과 현명함의 드라마 같습니다.

앞에서도 언급했듯이, 출생의 문제는 그녀의 선택이 아니었습니다.

왕가의 전통을 이어가기 위해 아들을 바라는 그런 가당찮은 현실 속에서 태어난 그녀는 애초에 찬밥 신세였을지도 모를 일이었습니다.

그러나 그녀는 그러한 냉혹한 현실을 견디며 묵묵히 자신의 자리를 지켰습니다.

온갖 핍박과 냉대를 견디며 그는 결국 왕의 자리에 올랐습니다.

그녀는 후대의 평가에서 영국인이 가장 존경하는 국왕의 자리를 늘 지키고 있습니다.

아이러니한 것은 영국이 늘 여왕의 지배하에, 그 정치적인 의미와는 관계없이, 여자의 영향력 아래에 있다는 것은 의미심장한 일입니다. 지금의 엘리자베스의 여왕, 그리고 철의 여인이었던 총리 마가릿 대처의 집권은 무엇을 의미하는 것일까요?

그녀의 어린 시절은 그녀의 의지와는 아무런 상관도 없이 불행의 연속이었습니다.

그녀의 어머니인 앤 블린이 간통과 반역죄로 처형이 되어 그녀는 공주의 칭호도 없이 차가운 현실에서 세월을 견뎌야 했습니다.

다행히도 아버지의 보이지 않는 보살핌에 힘입어 교육만큼은 철저하게 받을 수 있었습니다.

침묵과 고통 속에서 세상의 편견에 맞싸우며 스스로의 힘을 키웠던 것입니다.

그런 현실적인 냉혹함 덕분에 그녀가 무서운 자제력과 절제력을 키울 수가 있었던 것을 생각하면 우리가 맞닥뜨린 현실을 함부로 부정할 수가 없을 것입니다.

이복 언니인 메리의 끊임없는 질투와 그 이후로 이어지는 권력으로부터의 질타와 암살의 기도, 가혹한 냉대로부터 그녀는 차분하게 현실을 응시하고 있었습니다.

마침내 그녀는 우여곡절을 겪으며 여왕의 자리에 오르게 됩니다.

그러나 그녀는 마냥 보복을 하지 않으며 오로지 나라를 위해 힘을 쏟기 시작합니다.

그녀가 할 수 있는 일은 오직 그것뿐이었습니다. 왕조의 유지를 위해 결혼을 해야 한다는 무수한 권유를 뿌리치고 그녀는 영국과 결혼을 했다며 홀로 지내기를 자청했습니다.

그 오랜 시간 고통과 냉대의 시간을 이겨낸 인내의 결과라는 생각이 들기도 합니다. 여러가지 정책을 펼치면서 나라의 경제를 부흥시켰으며, 전쟁에 있어서도 무적함대라 불리는 스페인의 군대를 격파하기도 했습니다. 그뿐만이 아니라 그녀의 시대에 셰익스피어가 왕성한 활동을 펼치기도 하는 행운을 누리기도 했습니다. 경제적인 문제, 정치적인 문제와 더불어 문화적인 측면에서도 다양한 성공을 누리는 뛰어난 군주였습니다.

그녀의 장점은 아마 어린 시절 불행함과 불편함에서 얻은 강인함과 현명한 대처 방법이었을 것이라는 생각이 듭니다.

자신이 스스로 엄청난 시련 속에서 성장한 과거로 인해 그 반대급

부의 보복이나 한풀이가 아니라 남을 생각하고 배려하는 행동을 실천했기 때문에 지금까지 존경받는 국왕으로 남아있는 것이라고 생각합니다.

인간적이고 개인적인 고민은 말로 표현을 못할 정도의 서러움으로 가슴에 남아 있었겠지만, 그러나 그러한 한恨을 국가의 발전과 국민의 행복을 위한 에너지로 승화시켰다고 이해할 수가 있을 것입니다.

여기서 우리가 기억해야 할 것은 그녀의 포용력 있는 행동의 자세입니다.

그녀는 나라의 도적인 해적에게도 제독의 지위를 부여하면서 국력을 쌓을 수 있도록 개방적인 사고를 가지고 있었는가 하면 유연하고도 개방적인 사고를 통해 모든 국민들의 이해와 관심을 결집하도록 노력했습니다.

그리고 중요한 것은 그러한 실용적인 사고에도 불구하고 자신의 권위와 통치의 이념을 위해서는 자신의 치장에도 돈과 시간을 아끼지 않았다고 합니다.

화려한 드레스, 힘껏 치켜세운 머리 스타일, 휘황찬란한 보석으로 치장한 왕관, 성모 마리아를 떠올리게 하는 옷차림은 그녀 스스로의 가치를 스스로 구현했다는 것입니다.

여자의 변신은 무죄라고는 하지만, 절체절명의 시대를 살면서 스스로의 방법으로 자신을 구원하고, 살벌한 정치적 상황에서 대중을 휘어잡을 줄 아는 카리스마를 구사한 엘리자베스 1세의 변신과 처세는, 아무리 그 평판의 의미가 각각이라 하더라도, 개인의 생존과 국가의 발전의 무거운 명제 사이에서 피할 수 없는 선택이자 도전이라고 하지 않을 수 없습니다.

나는 하나의 드라마를 보는 것이 아니라 한 사람의 인생의 선택의 결단을 본 것이라고 생각합니다.

과거 어린 시절의 부모의 사랑을 받지 못한, 경제적으로 힘들었던, 또한 각자가 겪고 있던 불행에서 벗어나기 위해 인내하고 노력한 강인함으로 스스로의 인생을 새롭게 만든다는 것이 쉽지는 않겠지만, 과거 어린 시절의 불행으로 인한 불편함이 내 인생의 연장선상이 되어서는 안 된다는 것이 내가 아버지를 떠올리는 이유가 되었습니다.

능력 있으시고 모든 걸 다 해줄 수 있는 아버지가 계셨다면 지금보다는 훨씬 더 편안하고 쉽게 살았을 지도 모릅니다. 그러나 지금 내가 가지고 있는 강인함은 없을 것이라 생각합니다. 사람은 누구나가 부족함이 있습니다. 그 부족함이 때로는 내게 약이 될 수도 있다는 것도 우리는 알고 있습니다. 다만 알고 있는 것으로 지나치지 말고 약이 될 수 있도록 스스로 만들어야 한다는 것입니다.

순간의 선택이 인생의 행로를 결정한다고는 하지만, 그 선택의 순간에서 얼마나 기본적인 소양이 구비되어 있는가를, 우리는 스스로에게 물어보아야 합니다.

그대는 준비가 되어 있나요?

지금이라도 늦지 않았습니다.

모든 것을 긍정적으로 받아들이고, 그 모든 것을 직접적으로 구체화시켜 나의 문제로 삼아 해결의 대상으로 여겨야 하며, 반드시 극복해야 한다고 나는 생각합니다.

어렵거나 힘들거나, 까다롭거나 거북하거나, 싫고 좋고의 문제가 아닙니다.

있는 그대로 받아들이되, 거부하지 말고 껴안고 가야 합니다.

때로는 과한 욕심과 고집도 부리며 밀고 나갈 줄 알아야 할 것이고, 상황과 필요에 따라 적당히 타협할 줄 아는 부드러움도 필요 할 것입니다.

그렇게 풀어나가면서 방법을 만들어가는 것입니다.

그렇게 나아가는 사람이 최후의 승자가 될 것입니다.

그 최후의 승자가 되기 위한 당신의 노력에 힘이 될 수 있도록 박수를 보냅니다.

다섯 번째 에피소드

우연의 결합이 삶입니다 그런 우연이 필연을 관통합니다

사람들은 같은 테두리 안에서 같은 목표를 정해 놓고 그 정해진 게임의 법칙에서 서로 경쟁을 합니다. 줄다리기처럼 서로를 바라보며 동아줄을 놓고 경쟁하지만 그 줄이 상징하는 것은 공동의 경쟁이자 선의의 경쟁입니다. 그래서 삶은 아름다울 수밖에 없는 필연적인 과정입니다.

선물

사람들에게 고마운 마음을 표현하고 좋은 일을 기억하고 축하하기 위해서 우리는 선물을 합니다.

선물은 고가이거나 대단하지 않아도 상관없습니다.

선물을 받아서 기분 나쁠 사람은 아무도 없을 것입니다.

거기에다 마음까지 소중하게 담아서 상대에게 건넨다면, 그래서 그 선물로 인해 자신의 존재가 오롯이 각인된다고 생각한다면 이보다 소중한 인연은 더 없을 것입니다.

거기에서 한발 더 나아가 긴 안목으로 내다보면 이보다 더 효율적인 비즈니스는 없을 것입니다.

선물마저 비즈니스로 생각한다고 말씀하실 지도 모를 일입니다.

그러나 하나의 행동에 많은 의미를 부여할 줄 아는 사람이 멀리 내다볼 줄 아는 사람이고, 세상을 보다 정교하고 전략적으로 사는 사람이며, 그러한 사람이 성공하는 사람이라고 생각합니다.

선물의 본래적인 의미를 훼손하고 싶은 생각은 추호도 없습니다.

다만 상대에게 기회가 되어 선물을 해야 할 때 주고받고의 단순한 행위의 선물이 아니라 상대에 대한 배려를 극진하게 표현하면서도 나에 대한 상대의 관심과 세심한 배려를 아울러 표현하는, 보다 적극적인 행위의 선물을 통해서 좋은 관계의 형성과 더불어 나 자신의 존재를 선명하게 알리는 것이 더욱 의미 있는 일이 아닌가를 강조하고 싶은 것입니다.

나는 선물하기를 좋아합니다.

그런데 평범하기는 싫습니다.

일전에 모임의 회원들과 여행을 다녀온 적이 있습니다.

마음이 맞는 사람들과의 좋은 모임이라 늘 유쾌한 분위기의 즐거운 여행이었습니다.

그러나 아무리 그렇다 하더라도 많은 시간을 돌아다니다 보면 피곤해지기는 예외가 없습니다.

돌아오는 버스 안에서 사람들은 다 파김치가 되어 있었습니다.

휴게소에 들러 잠시 쉬고 있을 때, 나는 내가 준비한 비장(?)의 선물을 꺼냈습니다.

그것은 비아그라였습니다.

비아그라의 효능에 대해 설명까지 하면서 나누어 드렸습니다.

모두들 난리가 났습니다.

웃고 떠들며, 나의 이런 엉뚱하고 생뚱맞고 기발하고 음흉하며(?),

너무나 돌발적인 행동에 즐거워했습니다.

나는 여자분들에게도 빠짐없이 비아그라를 나누어 주었습니다.

물론 진짜 비아그라는 아닙니다. 모 제약회사에서 판매되고 있는 비타그라라는 비타민입니다. 지금 드셔야 효능이 있다고 나눠드리고 드시게 했습니다.

작은 비타민 한 알에 모두들 너무나 즐거워했습니다.

강의를 나가거나 모임에 참석했을 때, 그때 처음 만나는 젊은 친구들에게는 손수건을 선물합니다.

나는 그럴 때마다 손수건 한 장만을 선물하지 않고 꼭 두 장을 선물합니다.

한 장만 달랑 선물하는 것은 별로 정이 없어 보여 앞으로 많은 정을 나누자고 두 장을 선물합니다.

그리고 나는 하얀 색과 파란 색을 골라서 선물합니다.

파란 색은 만남을, 하얀 색은 이별을 뜻한다고 합니다.

나의 생각은 이렇습니다.

앞으로도 우리는 무수히 많은 사람들을 만날 것입니다.

그리고 그런 관계를 통해 사회적인 지평을 넓히거나 자신의 꿈과 계획을 실현할 기회를 마련할 것입니다.

아울러 뜻하지 않은 이별이나 사소한 감정 때문에 약간의 파국을 맞이하기도 할 것입니다.

그럴 때마다 이 손수건의 의미를 생각하고 힘을 얻기를 바라는 마음으로 나는 그 손수건을 선물하는 것입니다.

성공하는 길로 가는 사람은 성공보다는 실패를 더 자주 경험하게 됩니다. 그러다보니 실수나 실패를 두려워하지 않습니다. 그리고 새로운 만남에 있어서도 망설이지 않습니다.

두려워하지 않고 운명에 맞서는 용기는 항상 필요합니다.

그 용기가 그대에게 또 하나의 성취에 대한 기쁨을 안겨 줄 테니까요!

그러나 하나의 사건이 폭풍처럼 지나고 나면 언제나 외롭습니다.

너무 공허합니다.

그러나 그 공허함은 혼자만이 느끼는 감정이 아니라 모든 사람이 느끼는 감정이고, 그 공허함을 떨쳐버리기 위해 또 다른 계획을 세우고 준비를 하게 됩니다.

그런 시간들은 우리를 더욱 강하게 만들어주고 새로운 일을 준비하는 마음이 생기도록 에너지를 충족시켜주며 우리에게 꼭 필요한 과정이기도 합니다.

나는 그들을 응원하는 마음의 깃발로 손수건을 선물하는 것입니다.

혹은 F1 경기의 최후의 승리자가 되어 그 출렁이는 깃발 아래로 달려 들어가 최후의 승리자의 자격으로 많은 사람들의 환호와 축복

속에서 달콤한 샴페인을 드는 그런 사람이 되라는 의미에서, 작지만 정성을 담아 선물하는 것입니다.

사람이 살아가는 것은 늘 고속도로가 아니기 때문에 나는 자신의 땀방울을 기꺼이 닦아가며 길을 가야하기 때문에 또한 손수건을 선물하는 것입니다.

구부러진 길, 오솔길, 비포장도로, 길이 없을 때도 있습니다.

그때 선물한 손수건은 그냥 손수건이 아니라 마음의 위안을 주는 하나의 상징과 장치가 될 수도 있으리라는 희망을 나는 가지고 있습니다.

누군가 나의 뒤에서 무한한 애정을 가지고 지켜봐 준다는 것, 나를 응원해 준다는 것, 이런 것은 보이지 않는 힘이 될 것입니다.

얼마 전에 내가 아는 한 시인의 아버님이 갑자기 돌아가셨습니다.

소식을 늦게 듣기도 했지만 빈소가 너무 멀리 떨어진 지방이라 갈 수도 없는 상황이었습니다.

상을 마치고 돌아오고 난 뒤에 업무 때문에 그 분을 만났습니다.

마침 추석이 얼마 남지 않았기 때문에 그 분이 첫 번째 제사를 지낼 때도 되었다 싶어, 마트에 들러 정성을 기울여 제수용의 술을 한 세트 샀습니다.

그것을 받으신 그 분은 감사함을 이렇게 농담으로 표현하셨습니다.

"이런 선물은 생각하지도 못했습니다. 배려가 너무 세심해서 몸 둘 바를 모르겠습니다. 아버님은 좋아하시겠지만 집사람이 오해할지도 모르겠습니다."

그렇게 그 분은 활짝 웃으시면서 저의 선물을 받았습니다.

선물을 한다는 것은 상대에 대한 배려일 수도 있고, 상대에게 내 자신의 존재를 각인시키는 소중한 의미가 될 수도 있습니다.

그러나 그 선물을 선물 이상의 그 무엇을 기대하지는 말아야겠지요.

다만 마음을 담아 나의 정성을 상대에게 전달하는 그런 행위 뒤에는 사람을 배려하는 마음과 따뜻한 마음이 더불어 상대에게 즐거움과 기쁨이 되도록 적절한 선물이면 더욱 소중한 의미로 남을 것입니다.

선물은 받는 것도 즐겁지만 선물을 줄 수 있는 여유 있는 마음을 가져보는 우리가 되어 보면 어떨까요!

받는 즐거움보다 주는 즐거움이 더 크다는 것을 느껴보시기 바랍니다!

나에게 다시 돌아오는 베푸는 배려

식당에서 밥을 먹다보면 꼭 이런 사람이 있습니다.

같이 동행한 친구나 직장의 동료들에게는 너무나 친절하고 예의 바르게 행동을 하지만 유독 종업원들에게 쌀쌀맞게 행동하거나 이것저것 시키는 등 지나치게 까다롭고 엄격하게 행동하는 사람을 볼 수 있습니다. 고객이 왕이니 마땅히 그런 대접을 받아야 한다고 생각하고 있는 것 같습니다. 물론 비용을 지불하는 만큼의 서비스와 퀄리티를 요구하는 것은 지극히 마땅한 일이긴 하지만, 눈살을 찌푸리게 할 정도의 지나친 요구는 종업원은 물론 주위의 분위기까지 썰렁하게 합니다.

배려라는 말을 떠올리게 됩니다. 그 사람은 과연 배려라는 말의 뜻을 알고는 있을까요?

배려라는 것은 상대에게 편안한 마음으로 자신을 대할 수 있도록 마음 씀씀이를 비우는 일입니다. 그리고 그것의 중요성은 한결같음에 있다고 할 수 있습니다.

종업원의 봉사에 감사해 하고 고마움을 표현한다면 식사의 분위기는 훨씬 밝아질 것은 물론 혹시 모를 일입니다, 맛있는 반찬을 더 얻어먹는 호사를 누릴지도 말입니다.

말 한 마디가 천 냥 빚을 갚을 수 있고, 세 치 혀에 목숨이 오가는 일도 있습니다.

어떤 스님이 하신 말씀이 문득 떠오릅니다.

"절에 가서 절을 하는 것은 부처님에게 하는 것이 아닙니다. 자기 자신에게 하는 것입니다. 그것은 자신을 극히 낮은 곳에 위치하게 하고 가장 낮은 마음으로 자신을 공경하는 마음입니다. 목불木佛을 태워서는 사리가 나오지 않습니다. 허상虛像에게 절을 하지 마십시오. 자기 자신에게 절을 하십시오. 그것이 곧 하심下心입니다. 그리고 절이라는 곳은 절을 하는 곳입니다!"

마음을 낮추면 이상하게도 두려움이 없어집니다. 경쟁심도 없어집니다. 편안해집니다.

이런 마음의 상태는 나태한 것이 아니라 맑고 밝고 투명한 상태를 말합니다.

펜이 칼을 이기고, 강한 바람이 아니라 오히려 따뜻한 햇볕이 나

그네의 옷을 벗기는 것과 같고, 한 방울 씩 떨어지는 물방울이 바위를 뚫는 힘을 지칭하는 것인지도 모릅니다.

경쟁을 하지 않는 것이 아니라 이미 경쟁을 뛰어넘고, 넉넉한 마음과 그 표현으로 이미 상대를 굴복시키는 보이지 않는 강함을 말합니다.

배려하는 마음이 풍부한 사람일수록 서두르지 않습니다. 오히려 다른 사람이 그 사람을 배려하여 오히려 더 나은 능률과 능력으로 다른 사람을 압도합니다. 이것이 배려의 힘입니다. 사람이 다가올수록 모든 것이 차고 넘칩니다.

1990년대 말쯤 나온 빌 게이츠의 책 〈생각의 속도The Speed of Thought〉에서 이런 언급을 했습니다.

"1980년대가 질質의 시대였고, 1990년대가 리엔지니어링의 시대였다면, 2000년대는 속도의 시대이다. 비즈니스의 성패는 정보를 얼마나 빨리 수집하고 활용하느냐에 달렸다."

그렇다면 정보는 누가 생산하는 걸까요? 바로 사람입니다. 수많은 안테나를 내걸고 우리는 치열하게 정보를 수집하여 발 빠르게 경영에 도입하고 기술혁신에 참작을 합니다.

그 정점에는 사람이 있습니다. 경직되고 빳빳한 사람에게 친절할 사람은 아무도 없을 것입니다. 사고와 행동이 모두 유연한 사람에게 사람이 몰리는 법입니다. 그야말로 사람을 만나거나 사업을 함에 있어 '힘을 빼야' 한다는 결론에 도달하게 됩니다.

남에게는 작고 하찮은 것일지라도 정성과 마음을 담아 베푼 진실한 배려는 나중에 큰 정보가 되어 돌아오고, 그것은 곧 돈이자 인격이자 성공으로 연관이 됩니다. 앞에서도 언급했듯이 그것은 한결같음의 지속적인 행동이 누적되어야만 가능합니다. 그냥 이루어지는 것은 단 하나도 없는 법이지요!

성경에도 이와 비슷한 뉘앙스의 글이 나옵니다.

선지자 바울이 고린도의 한 교회에 보낸 편지글에서 그리스도와 가장 닮은 모습을 그렸다는 한 문장을 빌립니다. 고린도후서에 나오는 말씀입니다.

"근심하는 자 같으나 항상 기뻐하고, 가난한 자 같으나 많은 사람들을 부요富饒하게 하고, 아무 것도 없는 자 같으나 모든 것을 가진 자로다."

앞에서의 내용처럼 절을 하는 것이 부처님에게 하는 것이 아니라 자기 자신에게 하는 것처럼 배려도 눈앞에서는 남을 위하는 것처럼 보이지만 결국에는 자기에게 베푸는 선행입니다. 이처럼 돈이 안 드는 자기계발, 공짜의 투자도 세상에는 없을 것입니다.

결국은 마음의 문제이지요.

남을 위하는 마음이 넘치는 세상을 위해 마음을 여는 것, 그 어떤 겸손보다 뛰어나고 그 어떤 행위보다 구체적입니다.

봉사가 남을 위해 하는 것이 아니고 내가 위로받고 나의 행복을 위해 하듯이 배려 또한 남이 아닌 나를 위해 베푸는 것임을 기억한다면 더욱 겸손해지리라 생각합니다.

우연으로

우리가 느끼지 못해서 그렇지 우리 모두의 삶은 많은 우연의 연속입니다.

아무 것도 일어나지 않는 세상은 없습니다. 경찰서장과 소방서장 외 각 기관장들은 우연히 일어난 사건 때문에 언제나 직위를 잃을 수 있으며, 대기업이나 가장 안전하다는 은행도 순식간에 파산할 수도 있습니다. 한 나라의 문제도 마찬가지입니다. 그래서 우리는 우연을 인정하지 않으면 안 됩니다.

우연의 결합이 인생입니다. 그런 우연이 필연을 관통합니다. 그것을 우발적인 사건으로 취급하기에 세상에는 조금씩의 결함이 존재하고 그것이 쌓이고 뭉쳐져 우리가 상상할 수 없는 사건으로 발생하게 됩니다.

이런 생각은 비관론적인 입장이 아니라 매우 현실적입니다.

나에게도 또한 무슨 일이 일어날지 모릅니다. 그것이 우연을 가장하고 나에게 다가올지도 모릅니다.

우울의 문제도 마찬가지라고 나는 생각합니다.

미국의 과학자이자 저명한 정치가인 벤자민 플랭클린의 지적을 다시 한 번 기억하고자 합니다.

"미래에 대한 제한된 전망과 희망이, 그리고 거기서 촉발된 두려움이 우리 삶의 척도가 된다. 그리고 눈앞의 상황이 나의 생각과 일치되지 않을 경우, 그런 상황은 큰 어려움으로 뒤바뀌고 만다."

우리의 근시안近視眼은 안경을 필요로 하고, 먼 곳을 볼 수 없는 한계는 망원경을 발명하게 만들었습니다. 은밀한 접근을 위해 야간 투시경을 만들고, 흐린 눈을 보완하기 위해 돋보기를 만들었습니다. 잠수함에는 토끼를 동승하게 함으로 산소의 부족을 미리 예측할 수 있게 하고, 개미와 꿀벌의 생태를 빌려 사회적 구조와 삶의 공간을 구축하는 지혜를 확보했습니다. 우연의 연속에서 필연의 현실로 탈바꿈시킨 획기적인 사건이라고 부를 만도 합니다. 이처럼 우연한 발견이 결국에는 엄연한 현실이 되고, 이 현실을 통해 지혜를 얻게 됩니다.

우리가 살아가는 매 순간이 하나도 누락시킬 수 없는 우연의 연속, 그 필연을 향한 역동적인 현장인 것입니다.

최소한 우리의 삶이 긍정도 부정도 존재하지 않는 절대적인 평화의 나날이었으면 좋겠다는 생각을 자주 합니다. 그러나 그것 또한 불가능한 일입니다. 그렇다면 부정을 제압할 수 있는 긍정의 힘을 자생적으로 발휘해야 합니다. 이런 것을 습관화시키는 의식적인 노력이 중요합니다. 이런 것을 두고 긍정의 힘이거나 이기는 법에 빗대어 관용적으로 사용을 합니다. 문제는 자발적인 의지를 현실에 적용하고 관철시켜 나가는 것입니다.

우리는 긍정적인 생각이 가져다주는 긍정적인 결과를 많이 보았습니다. 그래서 긍정의 힘에 대해서도 잘 알고 있습니다.

그러나 부정적인 생각을 긍정적인 생각으로 바꾸는 것이 어찌 이리 어려운가요? 거금을 들여 레슨을 받아야 하는 것도 아니고 시간을 무지 많이 투자해야 되는 것도 아닌데 작심삼일作心三日이 되고 맙니다. 그리고 의외로 부정적인 생각은 왜 아주 편안하게 받아들이는 거죠!

부정적인 생각을 긍정적으로 바꾸면 어떤 변화가 있을까요?

우연히 다가오는 많은 일들을 어떤 사람은 부정적인 생각으로 수용하지 않습니다. 똑같은 상황에서 어떤 사람은 긍정적으로 받아들입니다. 긍정적으로 받아들인 하찮은 우연이 그대의 인생을 송두리째 바꿀 그 무엇이 될지도 모릅니다. 인생은 늘 가능성이라고 제가 강조하는 이유가 바로 그 때문입니다. 또 그런 사람은 매사에 성실하다는 사실, 기억하세요!

통계학에서도 우연은 있다고, 그 예외적인 상황을 절대로 배제하지 않습니다. 오차범위에 대한 친절한 설명이 그 반증입니다. 언제나 예외는 존재하고 괄호 밖의 인생도 배려해야만 합니다. 그 괄호는 누가 설정했을까요?

결론은 단순합니다. 우연을 믿지 않는다는 것은 지나친 자기과시욕이나 타인에 대한 의식적인 허영심에서 비롯된다고 학자들은 말합니다.

중요한 것은 우연이든 필연이든, 문제의 중심에는 항상 내가 있다는 사실입니다.

모든 우주는 나를 중심으로 움직인다는, 이런 자만심이 넘치지 않고 통제가 가능하다면, 간절하게 필요한 법입니다. 그런 통제는 자발적으로 발생하고 철저한 자기반성과 공부를 통해서만 가능한데, 겸손과 인내, 그것이 그 방법입니다.

우리는 반대되는 개념의 것을 변화시킬 수 있는 능력이 정말 필요합니다. 가령 이런 방법으로 말이죠.

도발적이되 순수하기.
이기적이되 겸손하기.
저돌적이되 합리적이기.
화려하지만 소박하기.

쉽지 않은 개념정리이지만 그러나 충분히 가능하다고 나는 생각합니다. 왜? 인간의 능력, 그 내면적 에너지는 무궁무진하기 때문입니다.

내 안의 괴물과 천사를 잘 다스릴 수 있으면 그대는 이미 성공의 문턱을 넘었다고 나는 확신합니다.

소박하지만 실천이 어려운 것은 우리 삶에서 도처에 널려 있습니다.

그것을 인정하고 실천 모드로 몰입해야만 합니다.

지금이 그 시작입니다!

바쁜 현실은 바쁜 현실일지라도 그 순간의 틈마저도 놓치지 않는 섬세함이 필요합니다.

줄다리기

맑은 가을 하늘 아래이거나 혹은 봄꽃 화창한 운동장에서 우리는 가끔 단합대회를 합니다.

대체로 마음 맞는 친구들의 모임이거나 회사 차원의 체육행사입니다.

그때마다 빠지지 않는 것이 줄다리기입니다.

같은 인원을 총동원해서 무리를 지어 편을 갈라서 상대를 마주보고 튼튼한 동아줄을 옆구리에 끼고는 힘겨루기를 합니다.

영차, 영차 힘을 모아 이기기 위해 젖 먹던 힘까지 보탭니다.

손아귀에 힘을 모으는 것은 물론 최대한 옆구리에 밧줄을 밀착시킵니다.

발바닥에까지 잔뜩 힘을 주면서 허리는 물론 다리에까지 힘을 줍니다.

죽기 살기로 온 신경과 근육을 동원하여 경기에 몰입합니다.

그러나 승부는 이내 정해집니다.

기쁨의 환호성과 아쉬움의 탄성이 순식간에 교차합니다.

이긴 쪽은 기쁨의 하이파이브를 날리면서 기뻐하고 자축합니다.

그러나 진 쪽의 표정도 그리 나쁘지는 않습니다. 솔직히 패배를 인정하고는 상대에게 승리를 축하하는 박수를 날리며 같이 기뻐합니다. 그리고는 이내 자기편의 사람들에게 아쉬움을 표하면서 격려합니다. 실력이 모자라고 힘이 모자라고 협동심이 부족한 사실을 기꺼이 인정하고 어깨를 두드려줍니다. 승부는 이미 결정이 났기 때문입니다.

사실 말이지 목숨을 걸고 줄다리기를 하지는 않습니다. 그것은 인생의 승부가 아니기 때문입니다. 공동의 목적을 가진 구성원들과 충분히 즐기기 위한 유쾌한 게임이기 때문에 그렇습니다.

그러나 승부는 승부인지라 각자 나름대로는 최선을 다합니다. 다소나마 게임의 구성원에 대한 불평등도 있을 것이고, 약간의 심판 편파판정도 있을 수 있고, 개중에는 최선을 다하지 않은 사람들도 분명히 있었을 것입니다. 그러나 누구 하나 그것에 대해 거칠게 항의하지 않습니다. 보이지 않는 게임의 법칙이 눈에 보이는 그것보다 더 재미있고도 편한 배려일 수도 있기 때문입니다. 모두가 그 나머지의 결과에는 흔쾌하게 승복합니다.

한때이지만 그렇게 유쾌하게 떠들고 웃으며 하루를 즐깁니다. 게임이 끝이 나면 사람들은 더욱더 돈독해집니다.

살아가면서 가끔씩 단합대회를, 줄다리기를 생각합니다.

사람들은 같은 테두리 안에서 같은 목표를 정해 놓고 그 정해진 게임의 법칙에서 서로 경쟁을 합니다. 줄다리기처럼 서로를 바라보며 동아줄을 놓고 경쟁하지만 그 줄이 상징하는 것은 공동의 경쟁이자 선의의 경쟁입니다.

세상의 모든 게임은 누군가를 제압하고자 하는 것이 아니라 서로 맞붙어가면서 시너지 효과를 창출하는 것은 물론 그 무한한 경쟁을 통해 새로운 에너지를 서로에게 공급하는 것이 아닐까요?

그러나 게임의 법칙에 있어 그것이 늘 공정한 것은 아닙니다.

법칙과 규칙이라는 것이 절체절명의 불변의 사실이라는 것은 변하지 않는 가치이기는 하지만, 그러나 그것을 뛰어넘는 배려와 양보라는 것이 있기 때문에 공정한 법칙이 더욱 빛을 내는 법이기도 합니다.

어딜 가더라도 예외가 없는 규칙이란 없는 법이지요. 불가항력의 상황, 인간의 심성과 현실적인 제약 때문에 생기는 예외가 없을 수가 없기 때문입니다. 그러한 관용은 신의 몫이기도 했지만 이제는 우리의 선한 인간의 몫이기도 합니다. 사회적 합의라는 말은 그렇게 소박하지만 날카롭게, 보이지 않지만 엄연하게 존재합니다.

그러나 우리는 살아가면서 특권과 반칙, 월권과 비신사적인 행위에 부딪치게 되고 경제적, 사회적 지위를 이용한 폭력과 특정인을 위한 배려, 금전적 특혜 등으로 인해서 많은 상처를 받으며 살아가고 있습니다.

혼자 열심히 줄다리기를 한다고 이길 수 있는 것도 아니고, 그래서 내가 줄다리기에 참여 안 한다고 해서 줄다리기를 운동회 종목에서 제외시킬 일은 절대 없습니다.

한 팀원이 한 가지 목표를 가지고 화합이 되었음에도 때로는 이길 수도 있고 질 수도 있는 것이 줄다리기입니다. 즉, 부당하고 억울하지만 사회적 합의에 수긍하며 살 수밖에 없는 것이 현실입니다. 부당한 일에 참으라는 말이 아닙니다. "왜! 나만!"이라는 함정에 빠지지 말자는 얘기입니다. 나만 특혜가 없는 것이 아니고 대부분의 사람들이 특혜 없이 주어진 일과 환경에서 열심히 노력하며 살고 있고, 경제적, 사회적 지위 없이도 더 행복하게 살아가는 사람들이 얼마든지 많습니다.

아름다운 줄다리기를 생각합니다.

긴장하고 대립하고 경쟁하는 것도 실제로 알고 보면 우리의 평화, 결국은 나의 평화를 위한 것이니까요.

오늘은 내일의 거울

철학자 스피노자는 말했습니다.

"내일 지구의 종말이 온다 하더라도 나는 한 그루의 사과나무를 심겠다."

가수 이용은 종로에다 사과나무를 심자고 노래했습니다. 한때 입에 오르내리든, 그 시대의 이모티콘, 그런 유행가라고 이야기했지만, 그러나 그 노래는 그 진정성 때문에 오래도록 사람들의 입에서 떨어지지가 않았습니다.

뉴턴은 나무에서 떨어지는 사과를 보고 중력의 법칙을 발견했습니다.

빌 헤름텔의 사과는 정의의 사도의 과감한 결단과 용기를 이야기합니다.

백설공주의 사과는 선과 악의 대결을 통해 권선징악을 풍자합니다.

왜 사과나무일까요?

그것은 하나의 상징이라고 생각합니다.

인생에 있어서도 상징이 필요합니다.

구체적으로 말하자면 희망의 상징입니다.

그 상징은 아울러 목표의 의미와도 상통합니다.

그대에게는 당신만의 사과나무가 있습니까?

우리의 시작은 작은 화초에서부터 시작이 되는 지도 모를 일입니다.

화초를 키우다보면 여간 정성이 필요한 것이 아닙니다.

화초를 키우다보면 나무를 꿈꾸게 되고, 나무를 키우다보면 숲을 꿈꾸게 됩니다.

숲을 지나면 밀림密林입니다.

이렇듯 하나의 작은 꿈은 시간이라는 과정을 통과하면서 더 큰 꿈을 만들게 됩니다.

사과나무의 상징, 그 궁극적인 목표는 인간의 내면입니다.

그래서 인간의 한계는 끝이 없다고 말하는 것일지도 모릅니다.

무궁무진한 그대의 내면, 끝이 없는 계발啓發이 필요한 당신의 내면은 가능성의 출발이자 신호입니다.

스스로 진단하여 항로를 결정하고 결정한 항로대로 주저하지 말고 나아가야 합니다.

두려움에 대비하여 지혜를 함축하고, 미지의 탐험에 대해 경험의 숙지자에게 의사를 타진하여 가장 합리적인 방법을 도출해야 합니다.

식량을 준비하고 등불을 준비하고 밧줄을 준비하여야 합니다.

이것이 출발이고 준비된 우리 인생의 시작이라고 감히 말할 수 있습니다.

이미 우리는 학습이 되어 있습니다.

다만 실천, 그 성실한 집념과 리더십이 필요합니다.

그러나 그것은 시작 이후의 일입니다.

지금 당장의 출발, 시작이 우선입니다.

그대가 마련할 수 있는 그 모든 것을 동원하여야 합니다.

출발점에서 똑같이 출발하여 도착하기까지 얼마나 시간이 걸릴지는 아무도 모릅니다. 도착 시간도 사람마다 모두 다를 것이고 이용하는 수단도 모두 다를 것입니다.

빨리 도착하기 위해서 이용하는 수단이 항상 좋은 자동차이면 좋겠지만 꿈도 꾸지 말아야 합니다.

그것은 이미 그대의 것이 아니기 때문입니다.

자전거를 타든 버스를 타든 기차를 타든 능력껏 준비하세요.

우리 인생의 시작이 편안하고 순탄하다고 해서 가는 길이 끝까지 안전하고 편한 길이라고 아무도 장담할 수는 없습니다. 우리의 시작이 조금은 불편하고 힘들더라도 스스로 선택하고 노력한다면 만족할 만한 결과는 분명히 있으리라 생각합니다.

우리가 이용하는 수단이 하다못해 세발자전거라도 용감하게 탈일입니다. 그것은 부끄러운 일이 아니기 때문입니다.

하나의 목표를 설정하고 그 이상의 꿈을 키우며 달릴 준비를 하는 그대가 진정으로 아름다울 것입니다. 훗날 그런 추억을 자랑스럽게 이야기하기 위해서도 지금은 자신의 가난에 대해, 부족함에 대해 솔직한 것이 좋습니다.

그것이 자신의 사과나무를 심는 일입니다.

좋은 묘목을 골라 심는 것이 우선입니다.

아무도 실수하지 않으려 할 것입니다.

그러나 그 결과에 대해서는 아무도 예측하지 못합니다.

모든 일에 서두르지 말고 예리하게 지켜보며 접근할 일입니다.

선택은 그대의 몫입니다.

출발은 아무 때나 할 수 있지만, 한 번의 선택이 인생을 좌우할 수도 있다는 사실을 반드시 명심해야 합니다.

그리고 그대의 운명을 죽도록 사랑해야 합니다. 그리고 책임져야 합니다.

그대에게 주어진 내 인생의 묵시록默示錄, 그 한 권의 책을 완성하기 위해 펜을 들어야 합니다.

내 책에 어떤 내용을 넣을지 지금부터 준비해야 합니다.

교세라 그룹 창업주 이나모리 가즈오는 이렇게 말했습니다.

"지금 바로 이 순간을 필사적으로 살아야 한다.
오늘을 완전히 살면 내일이 보인다."

과연 우리는 내일이 보일 만큼 하루하루를 얼마나 열심히 필사적으로 살고 있을까요!

오늘은 내일의 거울입니다. 오늘을 완전히 살았는가에 따라 내일의 내 모습이 보일 것이라 생각합니다.

해결과 해소의 차이

맛있는 음식에 대한 정보가 넘쳐나는 세상입니다.

계절에 따라, 고장에 따라 온갖 산해진미가 소개됩니다.

참 행복한 세상입니다.

오직 즐길 일만 남아 있는 것처럼 보입니다. 그것을 찾아 먹기 위해서 여행은 필수입니다. 떠남과 미각의 환상적인 조화가 하루의 일상처럼 이루어진다면 그보다 더한 천국의 나날은 더 이상 없을 것입니다. 그래서 그 만족할만한 시간을 위해 아낌없이 시간을 투자할 수 있는 여유를 가진 사람들, 그 사람들은 진정한 자기의 삶을 사는 사람이라고 말해도 괜찮을 것입니다. 그럴 수 있는 사람들이 부럽기까지 합니다.

그러나 먹고 즐기는 것으로만 삶을 평가하기에는 너무나 진지한 것이 우리에게 주어진 삶의 무게입니다.

여름의 한 달 휴가를 위해 일 년을 일한다는 유럽 어느 나라의 사람들의 삶도 이해가 됩니다. 온전하게 자기를 위한 투자, 자기를 위한 휴가, 자신을 위한 시간을 획득하기 위한 일상의 노력은 충분히 보상받을 가치가 있습니다.

'열심히 일 한 자, 떠나라'는 어느 광고의 멘트처럼 여행이라는 일상의 탈출은 우리에게 많은 위로 또는 활력소가 되기도 합니다.

복잡한 세상을 살고 있는 우리로서는 보다 분명하게 자기 자신을 성찰할 기회가 더욱 필요합니다. 외로울수록, 괴로울수록, 죽고 싶은 상황일수록 더욱 필요합니다.

자기의 일상을 떠나 객관적인 상황을 설정하고 생각을 정리하기 위해서 여행을 떠난다는 것은 우리에게 사실상 어려운 현실입니다.

우리는 그동안 어떤 여행을 했나요?

앞으로 어떤 여행을 하고 싶은가요?

그동안 우리는 끼리끼리의 목적으로 어울려 떠들썩한 단체 여행이 아니면 책임 회피나 현실에서의 잠시 도피 수단으로 여행을 떠나는 것이 대부분이었습니다. 참으로 소모적이고 생산성이 없는 행위의 여행이었다고 나는 감히 말하고 싶습니다.

나는 맛있는 음식보다 좋은 음식, 건강한 음식을 말하고 싶습니다. 이 말은 각자에게 물어보아야 할 명제라고 나는 생각합니다. 나의 몸이 무엇을 원하고 무엇을 거부하는지에 대한 냉철한 판단은 나의 내부적인 모든 문제를 해결하기 위한 최초의 방법이자 최고의 방법이라고 나는 생각합니다. 즉, 먹고 즐기기 위한 여행이 아닌 내 자신을 위한 여행이 필요하다는 것입니다.

누군가 해결과 해소의 차이에 대한 질문을 했습니다.

문제가 발생했을 때의 처방이 해결이라면 문제가 생길 여지를 최소한으로 줄이는 지속적인 노력이 해소라는 말입니다.

음식에서도 나는 그런 작은 희망을 봅니다.

거칠고 소박하며 맛없는 음식이 왜 건강에 좋을까요?

우리가 선호하는 달고 맛있는 음식을 먹는다는 것은 당장에는 즐거움을 주겠지만 건강에 미치는 영향은 좋지 않은 결과를 가져오게 됩니다. 그러나 맛이 없는 거친 음식들은 오히려 우리 몸을 건강하게 만들어 주고, 그 건강을 통해서 더 많은 것을 얻을 수 있는 기회를 제공해 주게 됩니다. 우리는 살아가면서 아무리 돈이 많고, 똑똑하고, 완벽하다 하더라도 모든 걸 다 얻을 수는 없습니다. 더 좋은 것을 얻기 위해서는 아깝지만 포기할 줄 도 알아야 합니다.

모든 일들이 마찬가지입니다. 얽힌 실타래를 바로 풀지 않고 방치해두면 점점 더 얽히게 되고 결국에는 가위로 자르는 방법을 써야 하듯이 바로 해소시키지 않은 일들은 결국에 해결이라는 극단적인 처방을 쓸 수밖에 없습니다.

어떤 문제가 발생하기 전에 바로바로 해소시킬 수 있는 현명함이 필요할 때인 것 같습니다. 그 문제에 대해서는 본인 자신이 가장 잘 알고 있고 해소 방법 또한 어렵지 않다는 것을 알고 있습니다. 그러나 스스로의 안일함으로 인해 문제가 커지고 결과적으로 어떤 해결을 해야 할 시점이 된다면 분명 후회하게 될 것입니다.

분명한 건 해소보다 해결이 훨씬 더 복잡하고 어렵다는 것입니다.

나만을 위한 여행이라는 해소를 통해 나를 위로하고, 소박한 음식을 통해 내 몸에 건강을 유지하듯이, 해소를 통해 극단적인 결정까지 가지 않는 현명함이 필요할 것 같습니다.

세월을 뛰어넘는 지혜

우리는 늘 현재를 살지만 관심은 미래에 가 있습니다. 지금의 어려운 현실을 극복하면 더 나은 미래가 존재하리라는 희망이 있기에 잠시라도 한눈을 팔지 않고 자신의 맡은 일에 더욱 매진합니다.

인간이 아름다운 것은 희망을 놓지 않고 끊임없이 오늘과 싸우며 땀을 흘린다는 것입니다. 노동이 아름답다는 것은 그래서 생긴 말인 것 같습니다.

오직 자신의 하루 식량만을 위해서 그러는 것이 아니라 가깝게는 자신들의 가족은 물론 멀리는 어울려 같이 잘 사는 사회를 위해 기꺼이 자신의 노동력을 제공하고 자신의 지식과 지혜를 공유하기 때문입니다.

같이 살아가는 세상의 가치를 나는 늘 생각합니다.

즉, 나의 가치는 누가 높여주나요?

우리나라의 가치는 누가 높이나요?

이런 질문의 관점에서 마하트마 간디의 말을 우리는 조금이라도 귀를 기울어야 한다고 생각합니다.

일찍이 간디는 우리의 일상적이고 평범한 생활이나 영원히 흔들림이 없을 것처럼 보이는 우리의 조직을 순식간에 파괴시킬 수 있는 몇 가지 요소를 다음과 같이 지적했습니다.

참으로 시대를 뛰어넘는 조언이 아닐 수 없을 뿐만 아니라 시대를 초월하여서도 우리의 정신을 관통하는 그 예지에 새삼 가슴이 뜨거워집니다. 하나의 조직을 제대로 이끌겠다는 의지를 가진 진정한 리더라면 반드시 명심해야 할 조건입니다.

누구도 자신의 조직을 파멸로 이끌 사람은 없을 것입니다. 간혹 드라마의 한 장면처럼 오직 자신의 성공만을 위해 의도적으로 조직을 파괴하는 악인들이 있을 수도 있겠지만, 그러나 결국에는 자신의 파멸만을 초래할 뿐입니다.

시대는 진정한 의지를 가진 착한 사람의 힘으로 서서히 발전한다는 사실은 참으로 중요합니다. 그래서 간디의 지적은 아무리 시간이 지나도 영원히 유효한 진리가 되는 것 같습니다. 그가 위대한 인물이라는 사실은 그의 행동으로만이 아니라 그의 깊은 철학에서 비롯된 것임을 확인할 수 있기 때문입니다.

그 중 몇 가지 지적만 정리해 보았습니다.

첫 째로 그는 노동 없는 부富를 지적했습니다.

피와 땀을 흘려 일하지 않고 사람과 물질을 교묘히 조종하여 불로 소득을 취하는 행위를 지적한 말입니다.

이 세상에 그냥 얻어지는 것은 당연히 하나도 없습니다. 그걸 알면서도 우리는 공짜를 찾아 다닙니다. 공짜를 얻기 위해 상대방을 짓밟기도 합니다.

'나만 잘 살면 된다'는 어리석음과 개인주의를 지적했습니다.

둘 째는 양심 없는 쾌락이라고 했습니다.

아무리 부가 팽창한다고 하더라도 우리의 주위에는 어려운 사람들이 많습니다. 사회가 모든 사람을 챙겨주지는 못하니까요. 그럼에도 불구하고 먹고 사는 것을 해결한 일부 몰지각한 사람들의 관심은 본질과 관계가 없는 문제에 눈을 돌립니다. 남이 아무리 힘들어도 그들의 문제로만 치부하고는 아무런 양심의 가책 없이 자기의 쾌락에만 집착합니다.

셋 째는 인격이 없는 지식을 지적했습니다.

무지無知보다 더 위험한 것은 정제되고 훈련된 인격이 뒷받침되지 않은 지식입니다.

사회적 존경을 받는 많은 전문직 종사자들이 자기의 전공 이외에는 아무런 지식과 예의를 모른다는 것입니다. 그래서 그런 사람들이 간디 선생께서 지적하신 두 번째의 케이스처럼 양심이 없는 쾌락을 예시한 것인지도 모를 일입니다.

넷 째는 윤리가 없는 비즈니스를 들었습니다.

경제학의 아버지이자 〈국부론〉의 저자이며 '보이지 않는 손'으로 우리에게 알려진 아담 스미스는 자본주의 경제의 성공은 그 사회의 도덕성에 달렸다고 했습니다. 그러나 오늘날에 이르러 개인과 집단의 이익추구를 위해 수단과 방법을 가리지 않는 무한경쟁의 기업경영은 자본주의의 한계를 초래한다는 지적이 나올 정도로 변질이 되어 있음을 강조한 것 같습니다.

다섯 째는 희생이 없는 종교의 문제를 짚었습니다.

희생이 없는 종교는 시대를 초월하여 그 존재의 의미를 상실하게 마련입니다. 형식적인 의식으로 전락하여 돈벌이에 혈안이 된다든지 사회적 영향력을 확대하기 위한 도구로서의 종교는 무의미하다는 것입니다. 영혼을 위한 종교가 아니라면 사회적인 자정능력을 잃어버리기 십상입니다. 여기서 중요한 사실은 진정한 리더십은 희생하는 데서 나오며 섬김에서 나온다는 사실입니다.

여섯 째로는 신념이 없는 정치를 말했습니다.

나의 능력의 부족도 있겠지만 이런 문제는 너무나 예민하고 오히려 외면하는 사람도 많은 경우라 더 이상의 언급은 정말 책임이 없는 발언이 될까 싶어 정중하게 고개를 숙입니다. 그러나 우리는 사회적인 동물이자 정치적인 동물입니다. 그러하기 때문에 정치인이 최소한 타협할 수 없는 분명한 신념과 도덕관이 있는지에 대한 관찰은 분명 필요한 법입니다. 그것이 우리가 행복할 수 있는 조건들을 우리가 선택하는 권리이기 때문입니다.

이와 같이 마하트마 간디가 지적한 위의 여섯 가지 내용들은 우리가 알고는 있지만 그 모든 것을 실천하고 지키며 살기에 버거운 것일 수도 있습니다. 하지만 내가 알고 있는 것과 모르고 있는 것은 큰 차이를 만들 것이고, 알고 있는 사람은 하나라도 지키려고 노력할 것이라고 생각합니다. 못 해서 안하는 것이 아니라 안 해서 못 하는 것처럼 모르고 있는 사람은 지킬 것조차 없게 됩니다.

결국 이러한 차이를 인지 할 수 있는 능력이 진정한 '나'를 만드는 것입니다.

신념은 의지의 표상表象이다

내 인생의 스승들의 좌우명과 그 빛나는 조언들

돌아보면 저는 참으로 많은 사람들의 보살핌과 사랑 속에서 살았다고 해도 과언이 아닐 정도로 과분한 관심 속에서 오늘에 이르렀습니다.

생각할수록 고마운 일입니다.

그동안 사회생활을 하면서 너무나 많은 사람들을 만났고, 혹은 그 과정 중에서 잊어버린 사람도 있었겠지만, 그러한 무수한 환경의 변화에 적응하며 나름대로 열심히 살고 있습니다. 그리고 오늘도 우리는 또 새로운 누군가를 만날 것입니다.

이 책을 쓰면서 내 주위를 다시 한 번 돌아 볼 수 있는 마음의 여유가 생겼습니다.

그러나 여유라고는 했지만, 마음껏 여유롭지는 않습니다. 정수리를 찍어 내리는 듯한 한마디의 말에 다시 한 번 마음을 다잡을 수밖에 없기 때문입니다. 다만 정말 감사한 것은 나의 주위에 인생을 지탱하게 해주신, 너무나도 훌륭하고 좋은 분들이 많이 계셨다는 것입니다. 물론 그동안 나의 교만함으로 인해 잊고 살아왔지만 지금이라도 감사한 분들께 그 고마움을 표현하고 싶다는 생각을 했습니다. 너무 늦었지만 용서해 주십시오.

내가 존경하는 분들, 너무나도 현명하게 살아오신 분들의 신념과 명언을 가슴깊이 새기고자 몇 분께 부탁을 드려 정리하였습니다.

성공하는 사람은 분명 나름의 확고한 신념이 있었습니다.

그 확인의 말씀을 같이 공유하고자 합니다.

내일은 꿈꾸는 자의 것이 아니라 오늘을 살아가는 자의 것이다
지금 주어진 일에 최선을 다하는 자가 밝은 내일을 맞이할 것이다.
꿈만 꾸는 사람에게는 결코 내일이 보장되지 않는다.

– 강명진((주)세이브존아이앤씨 대표)

이 세상에 공짜 점심은 없다.
열심히 덕을 쌓으면 자기가 혜택을 못 볼 경우 자손이 혜택을 보고, 늘 혜택만 받은 사람은 자손이 그만큼 덕을 쌓아야 한다. 그것이 공정하고 공평한 세상이치이다.

이 세상의 모든 것은 인과응보가 따른다.

– 금동수(KBS미디어사장, 창원방송 총국장)

1. 남과 다르지 않으면 노력한다고 할 수 없다
2. 나는 미래가 궁금하지 않다. 내 생각과 노력이 내 인생을 만들어 간다는 것을 알기 때문이다
3. 세상은 가르치지 않고 선택한다. 시키는 것도 안하려는 사람은 D급, 시키는 것만 겨우 하면 C급, 시키는 것을 잘하려고 하면 B급, 시키지 않아도 알아서 해야 A급이다

– 고승덕(변호사, 제18대 국회의원)

오늘의 삶은 과거의 삶이며 내가 살아갈 미래의 삶이다.
최고보다는 최선을 선택할 줄 아는 사람이고 싶다

– 김건우(휴면MPS 대표)

고민하지 말라. 지금의 나보다 잘 하려고 애쓰는 게 더 중요하다.
많은 일들 가운데 자기 자신에게 충실함이 가장 중요하다.

– 김상남(관세법인 정상 대표)

열정은 도전하게 하는 힘이고, 실행은 열매를 얻게 하는 힘이다.

– 김영관((주)애드맨 대표)

해야 할 일, 마음 쓰는 일을 먼저 처리하고 나의 즐거움은 나중으로

미룰 줄 아는 선우후락先憂後樂으로 자기 관리를 하고 남을 먼저 배려하며 살 수 있는 여유를 갖자.

– 김창호(경기대학교 교수)

1. 내 주변 사람이 잘 되는 것이 내가 잘 되는 것이다.
2. 남한테 받은 것은 돌에 새기고 내가 준 것은 물에 새기자.
3. 모여서 의논하고 결정하고 행동하자.

– 김현석(은혜병원 원장)

삶을 바꿀 수 있는 힘, 바로 내안에 있다.
우리는 종종 나를 무시하고 깔보고 능력을 과소평가 하는 나머지 시도해 보지도 않고 포기해버리는 경향이 있다.
내 안에 내가 느끼지 못하는 많은 힘이 내재해 있는데도 말이다.
한번만이라도 내 안에 무엇이 있는지 긍정적으로 생각해보자.

– 도필영(전 주한 독일대사관 공보관)

세상의 모든 것에는 공짜가 없다.
공직생활 30년 동안 9급부터 시작해서 지방공직자로 최고의 직급인 2급 이사관까지 오른 것에 대해 많은 사람들이 의아하게 생각한다.
그것이 어떻게 가능한 것인가에 대해서 많은 말을 한다.

그러나 나 자신은 나 스스로에게 아직도 과거를 돌이켜 볼 때 남이 잘 모르는 뼈아픈 노력을 했다고 말해줄 수 있다. 그럴 때 반듯이 운은 나를 위해서 손을 들어 주웠다.

– 백은기(인천환경공단 이사장)

나는 군인으로서 늘 국가와 민족을 위하여 목숨을 바치겠다는 일념으로 살아왔다. 경제적 부, 사회적 지위를 갖춘 고고 동창들과 인생 얘기를 나누다 보면 그들과 차이나는 유일한 삶의 차이였고 후회 않는 소신이다.

– 송병훈(육군대령)

현재 할 수 있는 것에 최선을 다해야 합니다.
이순신 장군께서 왜선을 물리치기 위해 거북선을 만드셨지만 성난 바다와 울돌목을 만드는 것은 그의 영역이 아니라는 사실을 알아야 합니다. 간절함 속에서의 자신의 노력과 운(신의 도우심)이 따라야 한다는 것과, '복 받을 사람'이라는 말의 배경에는 그 사람은 선을 행하는 자, 남을 이롭게 하는 자. 가진 능력을 나누는 자라고 생각합니다.

– 양재근((주)제이씨하모니 대표)

이 세상에 적당히는 없다. 최선을 다하지 않으면 도태된다. 모든 것을 즐긴다고 생각하는 마인드가 필요하다.
호텔에서 식사하나, 시장바닥에서 식사하나 마음에 달려 있다. 편한 것이 가장 좋다.
실패한 사람은 핑계거리만 있다.

– 이경환((주) 비에이치 회장)

나를 피곤하게 하고 괴롭히는 자가 나에게 지혜를 준다고 생각하고, 매사를 상대방의 입장에서 생각하고 고통과 스트레스를 즐기는 방법을 찾는 것이 곧 행복을 찾는 것이다.

– 이상철(용인대학교 교수)

현재 하는 일을 즐기며 최선을 다하면 결과는 자연스럽게 따라 온다. 그것이 곧 성공으로 이어진다.

– 이상호((주)한국식품정보원 대표)

관심을 가지면 비젼이 보인다.

– 이윤구((주)기린 대표)

인간이 상상하는 모든 것은 이루어진다. 즉, 누구나 시간만 주어지면

할 수 있고, 성공한 사람은 선택과 집중에서 지름길을 찾아낸다.

– 이원모(지식경영원 원장)

나비는 애벌레가 고치 구멍에서 나오면 된다고 알고 있다. 그 누구도 그 구멍을 뚫고 나오기 위해 몸부림 쳤는가는 생각하지 않는다.

강물은 상류에서 하류로 흘러간다고 알고 있다. 그 누구도 긴 시간 뒤척이고 꿈틀거리면서 바다로 간다는 것은 생각하지 않는다.

꽃은 봄이면 예쁘게 피는 것으로 알고 있다. 그 누구도 비바람에 흔들리고 벌과 나비가 날아 와서야, 그리고 온갖 진딧물과 개미와 싸워 피어나는 것을 생각하지 않는다.

우리에겐 특별한 시선이 필요하다.

그것이 인생을 완성시키며 삶을 보다 풍요롭게 만든다.

– 이종현(시인, 레저신문 편집국장)

내가 하는 작은 행동이 내 인생의 패턴을 바꾼다.

두 번째 미래의 당신에게 미안하지 않도록 지금 현재에 충실 하라.

– 정연진(일동제약 대표)

분별이 생기면 사람은 고통에서 벗어날 수 없다.

나와 너, 좌와 우, 물질과 정신, 유와 무, 성공과 실패, 안과 밖을 구분

하고 분별하는 마음이 사라지면 신이 인간을 벌하기 위해 만든 모든 갈등과 번뇌, 심지어 심신의 병까지도 없어지는 각성된 단계이다.

– 정용주((주)다니엘 대표이사, 침향박물관장)

몰생몰행沒生沒行,

생각을 정했으면 즉각 실행하라.

몰沒 자가 가지는 의미는 다양하다. 우리의 상식에서는 대체로 부정적인 의미이다. 그러나 몰입이나 골몰을 생각해 보라. 하물며 삶의 문제에 있어서는!

'몰'은 가라앉는다는 의미도 있지만, 다 하다, 다 없어지다는 뜻도 포함되어 있다. 자기 생의 그 무엇을 걸고, 그것도 생生과 사死를 걸고 생각한다면, 이보다 더한 극한의 말도 없을 것이다. 그런 생각이 필요하다.

끝을 보라, 그러면 이룰 것이다, 나는 그렇게 생각한다.

– 정의채(주식회사 이젠아이 대표이사)

성공은 내 마음에 달려 있다.

모든 것을 내려놓을 수 있는 사람이 성취할 수 있다.

다른 사람이 나를 알아주는 세속적인 성공은 진정한 성공이 아니다.

성공은 다른 사람을 위해서 해줄 수 있는 것이 얼마나 있느냐에 달려 있다.

– 조근환(대영유비텍 대표)

나는 누구인가, 자신의 내면의 소리를 들어라.

항상 생각하면서 보고 듣고 느껴라

– 최염순(데일 카네기 소장)

옛날 어느 서당에서의 일입니다.

학동들이 훈장님께 물었습니다.

"훈장님, 공부는 해서 무엇을 하나요?"

"글쎄다, 다른 사람은 모르겠다만 나는 공부해서 남을 준단다."

아이들이 까르르 웃으며 재차 물었습니다.

"어떻게 해서 남을 줄 수 있나요?"

"지금 내가 너희들을 가르치고 있지 않느냐!"

그리고 훈장님은 말씀을 이었습니다.

"나의 학문의 깊이와 넓이를 나는 잘 모른다. 다만 나는 내가 아는 바를 소신껏 전달할 뿐이다. 나를 뛰어넘는 것만이 나에게 은혜를 갚는 길이다. 늘 정진하도록 해라!"

훈장님의 목소리는 서당의 처마를 거쳐 들판으로 퍼져나가는 듯했습니다.

이 이야기가 왜 가슴에 여전히 남아 나를 훈계하는 것일까요?

에디슨과 더불어 영원한 우리들의 과학자인 아인슈타인의 한마디는 나의 가슴에 치명타를 날립니다.

"이 세상의 모든 것은 더 이상 걷어낼 것이 없을 때까지 최대한 단순하게 설명되어야 합니다, 만약 당신이 간단하고 명쾌하게 그것을 설명할 수가 없다면 당신은 그것을 충분하게 이해하지 못한 것이 분명합니다."

이 책을 쓰면서 늘 이런 생각이 머리를 떠나지 않았습니다.

부족한 것을 잘 알고 있습니다.

명쾌하게 설명하지 못하고 정확하게 전달하지 못했을 것입니다.

용서하십시오.

그러나 살아갈 새털같이 많은 날, 그 많은 날을 늘 여러분들과 소통하며 살고자 합니다.

함께 더불어 공부하며 좋은 세상을 만들고 싶습니다.
사랑합니다.

고은정